par J-B. de
Croisilles.

LES PARFAITS
BERGERS,
THIRSIS ET VRANIE.

ARGVMENT.

 L'imitation d'A-
pollon qui auoit me-
né paiſtre les trou-
peaux d'Admete dás
la Theſſalie, les Gráds
du pays ordonnerent que leurs enfans apres auoir apris chez eux les
arts liberaux, s'adonneroient durant
trois ans à la vie Paſtorale, c'eſtoit
ſoubs la conduite des meſmes per-

fonnes qui les auoiét eleuez. Les filles auoiét cela de plusqu'elles eftoiét
auec leurs Gouuernantes foubs la iu-
rifdiction du plus ancien Sacrificateur. C'eft là que Thirfis fut fi fort
épris des perfections d'Vranie, que
la fefte qui affemble auiourd'huy fes
amis, pour tafcher de feruir à fes iu-
ftes intentions femble pluftoft les
conuier à fes obfeques : mais parce
qu'vne vertu ne peut eftre contraire
à l'autre, la conftance de Thirfis &
la refolution de fa Maiftreffe fe trouuent à la fin fatisfaites fans que ny
l'vne ny l'autre fouffre aucune di-
minution. Les Actes fót en profe, &
les Chœurs en vers, & à caufe que
le fujet de céte Bergerie eft vne Chafteté inuincible, Honneur fera le
Prologue.

LES PERSONNAGES.

THIRSIS feruiteur d'Vranie.

VRANIE.

MENALQVE, Gouuerneur de Thirfis.

AMARILLE, Gouuernante d'Vranie.

CHORILAS, Intime amy de Thirfis.

ARISTEE, Chef de la Compagnie.

HELENOR, Sacrificateur.

ADMETE, Deuin.

LICANDRE, Magicien.

YOLE, ET PHAON, Bergere

& Berger tres-contens l'vn de l'autre.

SIREINE, Berger inconſtant.

DRIOPE, Malfaiſante.

PHILIS ET PHILIDOR, Ieu-nes enfans.

LE PAISAN.

LE SATYRE.

CIBELLE, Nymphe.

CHOEVR.

ACTE PREMIER,

SCENE PREMIERE.

THIRSIS, *fort de grand matin de l'antre où il a dormy & penfe au fonge qu'il a eu.*

'A Y donc veu ma felicité malgré l'enuie de mon fort, i'ay veu durant cette nuit ma belle maiftreffe, qui me permettoit de luy offrir l'homage & les feruices que ie luy dois rendre. Elle me monftroit vn vifage qui fembloit banir pour jamais les rigueurs qu'elle ma tenuë, & me donnoit tous les regards qui com-

A

mandent d'esperer. Quelque malin
& quelque malfaisant que soit l'a-
stre de ma naissance, il est sans force
aussi bien que sans lumiere à la rencontre mesme imaginée de celle
qui est mon Soleil, & pour le moins
elle est bonne en sa representation,
attendant qu'elle la soit en elle mesme. Helas où estes vous allez puis-
sans charmes de mes ennuis? qu'es
tu donc deuenu cher objet de ma
pensée? il n'y a rien que nous estions
ensemble, faut il qu'en vn moment
cette beauté soit disparuë, & que ie
n'aye dessillé les yeux qu'à fin de
ne la voir plus? A quoy suis-je reduit? ie ne les sçaurois ouurir que ie
n'en perde le phantosme, & ie ne les
sçaurois fermer que ie n'en perde la
verité. O nuit fauorable aux Amans,
que ne m'as tu prolongé la chaste
iouyssance de son idée, ou plustost

que ne prenois tu plaisir à regarder
tant de merueilles: toutesfois ie t'excuse, tu es aueugle, autrement tu te
serois bien plus arrestée à la contem-
pler, où peut on estre en seureté si
on ne l'est pas dedans soy? de quelle
possession se peut on vanter si nostre imagination est sujette à estre
volée, & si dans les plus cachez re-
coins de nostre ame, il n'entre point
de distraction qui n'y commette du
larcin? Encore aux autres larcins, celuy qui fait le crime gagne ce qu'il
vole, icy l'on me priue d'vn bien
dont personne puis apres ne iouyt.
Vranie tout fait pour toy, tout tas-
che à te cóplaire, il n'est pas iusques
à mó resueil qui ne flatte ta seuerité,
tu me refuses ta presence, il m'oste
ton image ; sçait il bien que cette
complaisance est vn sacrilege, pource que l'oster de mon esprit c'est

l'arracher de son autel. O rare songe, ô doux sommeil, pourquoy n'as
tu pas voulu durer dauantage ? Si ie
ne dois estre heureux qu'à la desro-
bée de peur que mon mauuais de-
stin n'ait loisir d'y prendre garde, il
n'y auoit rien à craindre de ce costé
là, qui nous eut aperceus ? les tenebres couuroient toutes choses, toy
mesme tu me bandois les yeux, de
peur que i'en fusse tesmoin oculaire,
qui l'eut rapporté; il n'y auoit auec
nous que la solitude & le silence; &
le rauissement où i'estois, m'eut em-
pesché de le dire, & puis ie n'eusse
eu garde de le reueler de crainte
d'offenser Vranie, qui desaduoüe-
roit sa ressemblance, si elle sçauoit
l'heure & le lieu où elle s'est venüe
presenter à moy. Non, elle ne me
pardonneroit jamais de m'en estre
vanté, se figurant que i'en voudrois

tirer quelque auantage où former quelque esperance. Belle, aurore mere du iour, que ne demeurois tu plus long-temps auec ton Cephale, & que n'auois tu pour cette heure plus de paresse ou plus d'amour ? Ie possederois vn bien, dont ie n'ay plus que la perte & le souuenir de l'auoir perdu. Ha! que i'estois heureux. Ha! que ie suis miserable.

SCENE SECONDE.

THIRSIS ET CHORILAS.

MAIS n'ay-je point parlé vn peu trop haut, & quelqu'vn de mes compagnons ne m'auroit il point entendu?

CHORILAS, Thirsis rasseure toy, il n'y a que moy qui t'escoute, où

deux ames n'en font qu'vne, le fecret n'eft pas à fon aife, s'il n'eft fceu
de toutes deux. Raconte moy tout
au long l'hiftoire de ton fonge, où
ie ne trouue (non plus qu'au iour
qui ne fait que de poindre) que bien
peu de clairté.

THIRSIS, Cheramy, c'eft bien la
raifon que celuy qui prend tant de
part en nos tourmens, en prenne
auffi aux accidens qui me foula-
gët. Sur le point que nous eufmes a-
cheué de difcourir hyer au foir, moy
de mes infortunes au fujet de mes
amours, & toy de l'offre de tes bons
offices, la laffitude me fit voir que
c'eft elle qui a efté iufques à prefent
la meilleure de mes peines: Car fi
toft que tu m'eus quitté dedans l'antre où nous venions de concerter
les efforts que nous deuons faire au
iourd'huy, pour tafcher de gagner

cette cruelle , vn subit assoupisse-
ment me print sur ce propos , ou
bien si ce fut le sommeil, que ie ne
cognois plus depuis que i'ayme, au
moins ce n'est pas celuy qui est frere de la mort ; Car ie puis dire qu'a-
pres toy ie luy dois la vie , à cause du
contentement qu'il m'a procuré.

CHORILAS , N'estant pas frere
de la mort, par consequent il ne sera
pas frere de l'oubly. C'est pourquoy
ie te prie de n'y rien obmettre, de
peur de diminuer tant soit peu de ta
fidelité & de ma satisfaction.

THIRSIS, A peine commençois-
ie à m'endormir, que ie veis passer
deuant moy , en autant de figures
viuantes , les maux que i'ay souffers
au seruice d'Vranie. C'estoit vne
longue suitte de petits fantosmes
humains que leur aage monstroit
innocens & leur chaisne coupables;

elle eſtoit entremeſlée de boucles
d'aimant & d'ambre, tellement ap-
propriées qu'on n'eut ſceu dire ſi
elle leur ſeruoit ou d'attache ou
d'ornement. A coſté d'eux autant
d'autres Genies les menoient par ces
liens auec vn empire abſolu, qui teſ-
moignoit bien qu'ils en eſtoient les
maiſtres ; l'vn des bouts de ceſte
chaiſne deſcendoit du Ciel, l'autre
ſe perdoit dans vn air chargé de vapeurs, où quelque Deité formoit
vn nuage d'Iſabelle, ce qui m'occu-
poit à mille reſueries iuſqu'à tant
qu'il en ſortit cette voix, *j'attache*
ton cœur à ſes appas, ta ſoubmiſſion
à ſes meſpris, tes ſouffrances à ſa ty-
rannie. Or i'oubliois de te dire qu'a-
uant tout cela, ie me ſentis frappé
d'vne main qui m'eſueilla à ce que
ie m'imaginois, & ie m'eſtonois que
le coup en fut ſi doux, puis qu'elle

eſtoit d'yuoire. Comme ie la con-
templois, il m'eſt auis qu'amour
me dit. *Thirſis, voyla l'ordre de ta de-
ſtinée,* apres il s'enuola dans vne fo-
reſt de lauriers. En moins de temps
qu'il y a que i'ay proferé ces dernieres paroles, Vranie ſuruint qui
adiouſta. *Thyrſis, voyla ta recompenſe,* puis ſon accueil obligeant me
ſurprit de telle ſorte que mon repos
n'a eſté qu'vne perpetuelle ad-
miration, à cette heure ie ſuis autant à plaindre qu'alors i'eſtois à en-
uier.

CHORILAS, Tu la trouuois donc
bien changée.

THIRSIS, Si fort que ie l'eſtois auſſi. Il me ſembloit que d'Homme
i'eſtois deuenu vn demy Dieu,
voyant que ma Deeſſe deuenoit humaine.

CHORILAS, N'eſt il point arriué de

circonſtance funeſte?

THIRSIS, Non pas meſme vne petite interruption.

CHORILAS, Mais encore que luy
diſois tu?

THIRSIS, Sçais tu pas que l'admira-
tion eſt mere du ſilence, & que le
rauiſſement qui parle ſe donne vn
démenty?

CHOR. Et quand a finy ton ſonge?

TH. Iuſtement au leuer de l'aurore.

CHORILAS, Courage c'eſt bon
ſigne, ce que l'on ſonge en ce temps
là eſt veritable, & à quoy as tu penſé
dés que tu t'es eſueillé?

THIRSIS, A renoüer ſi ie l'euſſe pû
mon ſommeil & mon ſonge, pour
ne la perdre point de veuë, & pour
tirer en longueur les delices de cét
entretien.

CHORILAS, De moy ie le prends à
bonne augure, & crois que c'eſt vne

prediction de l'heur qui secondera
le dessein que nous auons de te la
rendre fauorable.

THIRSIS, Mon Chorilas, ie t'en
coniure & i'en coniure auec toy
tous ceux que i'ay touchez de quelque pitié.

THIRSIS, C'est à quoy ie vais acheuer de trauailler, auec ceux qui sont
de nostre intelligence.

THIRSIS, Mon Chorilas ie t'en
coniure encore vn coup, au reste
tiens mon songe secret, & sur tout
garde bien qu'Vranie ne le sçache.

CHORILAS, Si ie ne sçay pas seruir,
au moins ie sçay ne pas nuire, pour
le regard de ton affaire, il ne sera
rien oublié.

THIRSIS, Ie ne doute pas de ton
amitié, ie ne doute seulement que
de ma bonne fortune.

CHORILAS, Le Soleil commence

à dorer l'entrée du iour qui s'auance peu à peu fur le fommet des monta-gnes, nos compagnons feront defia à la Chapelle, où Helenor facrifie pour la profperité de tes fouhaits, il il eſt temps d'y aller.

SCENE TROISIESME.

INTERMEDE.

LICANDRE ET SIREINE.

SIREINE, Licandre fauue moy la vie.

LICAN. Comment Sireine, qui te pourfuit?

SIREINE, Cent mille fortes d'enne-mis à la fois.

LICANDRE, Tu as donc toute la Theffalie fur les bras.

SIREINE, Et pis encore; car ie crois
auoir tout l'Enfer bandé contre
moy.

LICANDRE, En tel cas ie te fuis inutile: car s'il eſt d'accord de te nuire
ie fuis de profeſſion de luy obeyr.

SIREINE, Pour te parler plus
clairement, preſte moy l'aſſiſtance
de ton art, contre les perſecutions
de Driope qui m'aſſaſſine & qui me
tuë à force de m'aimer.

LICANDRE, Et bien ie te promets
de t'en deliurer, à condition que tu
me diras pourquoy tu la traites ainſi.

SIREINE, Il y a quelque temps
que ie deuins amoureux de la plus
belle Nymphe que l'Amphriſe cache dans ſa profondeur, ſans contre-
dit, toutes ſes compagnes luy ren-
dent ce teſmoignage & l'emula-
tion qui eſt entr'elles, ne les porta
iamais au refus de luy ceder. La pre-

miere fois que ie la veis , par vne
voye que ie ferois trop long à te raconter , ie me voüay tellement à
luy plaire que du depuis ie n'ay
point eu d'autre deffein que celuy-
là , & parce qu'vne amour n'eft
point vraye fi elle n'eft fecrette, elle
ordonna que ie ferois priué de fa
conuerfation fi toft qu'on viédroit
à la defcouurir; c'eft pourquoy i'euffe voulu le pouuoir renuier par deffus ce Berger, dont le corps n'eftoit
que veuës,ou pluftoft auoit les yeux
de tout le monde, non tant pour y
voir dauantage, qu'à fin de n'eftre
pas veu au retour de nos pafturages.
Ie me deuois retirer auec elle au
bout de ce bois, où l'affignation
eftoit infaillible , d'autant qu'elle
me promettoit de s'y trouuer toutes
les fois que le couchant promet vn
beau lendemain : alors dés que le

Soleil entroit dans l'Ocean, Clime-
ne(c'eft fon nom) fortoit de ce fleuue fans eftre moüillée, & me fauo-
rifoit de quelques heures de fa prefence; au moindre ombrage qui luy
prenoit de quelque paffant, elle
fondoit dans la riuiere fans mener
aucun bruit, & fans rompre feulement le poly de fa furface, puis entre deux eaux elle me continuoit
fon difcours que i'entendois tout
auffi bien que s'il n'y eut eu entre
elle & moy qu'vne vitre de Criftal,
& me fouuiens que fa voix partant
de là, imitoit le fon que font les ruif-
feaux, quand ils cajolent les prairies,
hormis que le murmure en eftoit
mieux articulé, & marquoit mieux
fes paffions.

LICAND. Cela s'apelle que tu n'e-
ftois pas moins heureux que beau,
que tes affiduitez ne manquerent

pas d'obtenir leur recompenſe.

SIREINE, Cela s'apelle qu'elle fut auſſi iuſte qu'aimable, & que mes ſeruices n'ont rien à luy reprocher.

LICANDRE, Et qui pourroit eſtre capable de ſeparer deux perſonnes ſi bien vnies?

SIREINE, A mon grand regret, il ne s'eſt que trop pû, comme le bonheur & la durée ne compatiſſent gueres enſemble, ce precieux threſor me fut preſque auſſi toſt rauy qu'enuié. Or i'en accuſe Driope pour pluſieurs raiſons, deſia elle s'eſt vatée qu'à quelque prix que ce fut elle viendroit à bout de mon amitié, & que ie n'aurois point de repos durant qu'elle auroit vne riuale, c'eſt pourquoy elle aura ſans doute, tant de fois épié tous les lieux que ie frequentois, que ma Nymphe s'en fera rebutée : adiouſte que du mo-

ment

ment que Climene ne reuient plus,
quelque priere que ie luy en face, &
quelques larmes que ie verſe au
bord de ſa retraite ; ceſte-cy n'a rien
oublié , pour taſcher d'atraper &
d'enuahir mon affection.

LICANDRE, Eſt il vray qu'elle ſoit
ſi dangereuſe ?

SIREINE, S'il eſt vray ? Ie défie le
fleuue Stix auec ſes neuf contours,
d'égaler les replis de ſon ame : Ie défie les Demons de ſurpaſſer les arti-
fices de ſon eſprit : ie défie les furies
d'auoir tant de ſerpens au lieu de
cheueux qu'elle en a au lieu de lan-
gues : elle parle comme elle vit, elle
vit comme elle parle, ce n'eſt que
meſchanceté & diſſimulation.

LIC. A t'en oüyr parler de la ſorte, il
me prendroit enuie de la mettre au
rang des Deitez malignes, que la
Magie nous commáde d'inuoquer.

B

SIREINE, Ne pense pas te mocquer,
elle leur apprendroit leur mestier en
ce qui est de mal faire.

LICANDRE, Tant y a qu'il ne tiendra pas à moy que tu ne sois satisfait, pourueu qu'elle ne s'en doute
point, & que ie sois hors d'vne affaire qui m'appelle icy.

SIREINE, Quand reuiendray-je?

LICANDRE, Quand ie t'en feray
aduertir, ou bien il vaut mieux que
tu m'attendes dãs la route du vieux
Chesne où est l'Autel des Egypans,
là ie te bailleray la recepte dont tu
as besoin. Si Driope est telle qu'il
me la depeint, ha ! le bon party que
c'est là pour vn Enchanteur : nous
n'auons pas tousiours à nostre dis-
position les puissances de l'Enfer,
il y faut affecter les plus noires nuits
de l'année, prononcer des adiura-
tions qui fendent la terre, obseruer

des ceremonies afreuſes & penibles:
mais vne femme comme celle-là,
eſt vne vraye Megere, & vn Demon domeſtique qu'on peut touſiours employer : tentons la fortune.

SCENE QVATRIESME.

INTERMEDE.

PHAON ET LICANDRE.

PHAON, Vn mot Licandre, Vn
mot.
LICANDRE, Et Phaon, Qui t'ame-
ne icy ?
PHAON, La iuſtice d'vne demande que i'ay à te faire. Yole ma maiſtreſſe & moy menons vne vie tellement heureuſe qu'il n'y manque

B ij

rien deſormais que l'Eternité. Toutes nos penſées ſont ſœurs, tous nos
ſentimens ſont freres, & ſi la nature
a mis entre elle & moy quelque difference, ce n'a eſté que pour nous
laiſſer quelque ſujet de nous vnir : il
ſemble que mon inclination ſoit la
ſource de la ſienne, & que i'ayme
ou haiſſe doublement, à cauſe que
nous auons les meſmes volontez &
les meſmes auerſions. Auſſi nous ne
contons les années que par nos delices, le mois & le moment ſe con-
fondent dedans nos plaiſirs, partant
de peur d'eſtre ingrats à ceſte bonne
fortune nous voudrions luy procurer par ton entremiſe vne durée qui
n'euſt point de fin. Iadis des Magi-
ciens ordinaires pûrent bien retirer
des Enfers Proteſilas & Alceſtis
nos compatriotes, toy qui es le mai-
ſtre de l'art, & qu'on appelle par

excellence vn Pluton viſible , ne
peux tu pas empeſcher que nous n'y
deſcendions point ? ou bien ſi nous
pretendons vne choſe du tout impoſſible, trouuons vn accommode-
ment raiſonnable, n'y a il pas moyen
d'y demeurer cent ans à n'en auoir
que vingt?

LICANDRE , C'eſt vn diſcours de
longue haleine, & qui voudroit vn
autre loiſir. Cependant ie t'accorde
que le bon-heur n'auroit rien à deſirer que l'immortalité , afin d'eſtre
immuable , apres cela ie te prie de
croire que mon induſtrie eſt toute
acquiſe à de ſi parfaits amans.

PHAON , Apres mille actions de
graces, i'accepte ton offre attendât
que le temps & l'occaſion nous per-
mettét de nous en ſeruir: mais il y a
encore vne choſe à te propoſer, Tir-
teta mon couſin , fils de l'excellente

Cidippe, implore ton secours contre ses desastres. Quand il achete des troupeaux, ils sont asseurez d'auoir la toux & la clauelée dés le lendemain, si quelqu'vne de ses brebis en rechappe, ce n'est sinon pour auoir loisir d'auorter : maintenant que la rosée tombe indifferemment par tout, on diroit que Cerbere a escumé sur ses Iardins. Ie croy que les poissons se nayeroient si la riuiere estoit à luy, & que les mousches à miel feroient de l'absinthe s'il en fournissoit les ruches : pour abreger, c'est le plus mal-heureux de tous les hommes. De fait encore qu'on ne remarque qu'vne paire de corbeaux à chasque bourgade, ils se ramassent tous dessus sa maisó, & y régorgét leur voix funeste l'vn à l'enuy de l'autre. Ie m'imagine que c'est quelque Sorciere, qui le tourméte ainsi.

LICANDRE, Depuis quel temps?
PHAON, Presque depuis sa naissáce.
LICANDRE, Tant pis, il y a plus
d'apparence de mal-heur que d'enchantement. A la premiere rencontre nous le discernerions mieux : si
c'est le mal-heur, nos resistances
luy seront inutiles, si ce n'est qu'enchantement, nos remedes s'efforce-
ront de le rompre, pour l'amour
d'Yole & de toy.

SCENE CINQVIESME.

DRIOPE representant diuerses personnes meschantes & odieuses.

LES BERGERS RETOVRNANS
DV SACRIFICE.

DRIOPE, Nos gens sortent de
la Chappelle, attendons les au

paſſage, ie ne ſuis pas de leur conſeil, ils ne m'en iugent pas digne,
auſſi ie me rapporte à ce qui en
auiendra, ſi tant eſt que ie puiſſe exe-
cuter ce que ie projette. Chorilas
n'eſt il point icy, il y deuoit eſtre deuant moy, poſſible s'eſt il endormy
aux pieds de ces ſaules, allons le chercher. Chorilas, Chorilas.

ARISTEE, Compagnons voulez
vous connoiſtre l'humeur de Driope? ne me ſuiuez qu'vn à vn, & en
paſſant propoſez luy à mon exemple quelque choſe l'vn de l'autre,
apres cachons nous pour eſcouter
les diſcours qu'elle en tiendra lors
qu'elle croira que nous n'y ſerons
plus.

DRIOPE, Nous venons de Sacri-
fier à Venus & à l'Amour, pour im-
petrer d'eux l'vnion conjugale de
Thirſis & d'Vranie. Tout le mon-

de auec instantes prieres, nomme-
ment Helenor nostre Sacrificateur,
de qui la deuotion a esté fort exem-
plaire.

DRIOPE, Est il possible qu'en soi-
xante ans qu'Helenor a sur la teste
il n'ait pas encore eu loisir d'auoir
du iugement? on dit que les mariages sont plustost faits au Ciel qu'en
la terre, quoy qu'il soit, la plus seure
voye de les esclaircir est de les con-
sommer. Ie tiens pourtant que les
Dieux ne se meslent gueres de nos
amourettes, apres nous auoir donné vn cœur & des bras. Les oraisons
sont des paroles, & il est question
des effects. Nos maieurs nous ont
peint les prieres en Deesses boiteu-
ses, nous enseignans par là qu'elles
ne doiuent pas aller viste: posé donc
qu'elles arriuent où l'on les enuoye,
c'est vn long voyage, i'aurois plus

multiplié que Niobe auant qu'elles fuſſent de retour.

ARISTEE, Ma foy tu vaux trop, & Helenor en tient, ie l'auoüe.

AMARILLE , Driope , Ariſtée ſe rit des autres, & il luy en pend autant aux oreilles.

DRIOPE, Amarille, Ariſtée t'aime il?

AMARILLE , Nullement.

DRIOPE, L'ayme tu?

AMARILLE, Moins encore.

DRIOPE, C'eſt vne marque infaillible qu'il eſt peu de choſe, ſous ombre qu'il eſt chef de cette Prouince, & qu'il a l'authorité de nous y conſeruer, & d'empeſcher qu'il n'y ſuruienne des deſordres, il affecte vne prud'homie pleine de chagrin & d'arrogance ; c'eſt vn reformateur, c'eſt vn eſpion qui n'eſt propre qu'à attirer ſur ſoy la haine publique.

AMARILLE, I'en tombe d'accord
auec toy, tel eſtoit mon ſentiment.

DRIOPE, Amarille tombe bien
mieux d'accord auec Menalque
qu'auec moy, teſmoin l'herbe fou-
lée qui nous marque leur meſure.
Son eſprit eſt merueilleuſement
ſouple & accommodant, elle eſt
hypocrite auec Helenor, auſtére
auec Ariſtée, enjoüée auec Thirſis,
circonſpecte auec Vranie, & com-
plaiſante à vn chacun.

PHAON, Et auec moy que ſeroit
elle?

DRIOPE, Et elle & toutes nos Ber-
gerés ſeroient en bonne intelligence auec toy, n'eſtoit que tu es le for-
çat d'Yole.

PHAON, Yole n'eſt pas meilleure
que les autres, auoüons le vray, deuant moy tu entreprendras ſa de-
fence: mais ſi ien'y eſtois pas?

DRIOPE, Ie souſtiendrois également qu'elle eſt fort aimable.

PHAON, Que tu es flateuſe!

DRIOPE, Ie ne la flatte pas, ſi Chorilas vouloit confeſſer la verité il ſçauroit bien qu'en dire. Ce n'eſt pas vn teſmoin irreprochable, ny à qui elle vueille mal.

SIREINE, Driope donne moy ton cœur.

DRIOPE, Et qu'en ferois tu?

SIREINE, Ie le ſerrerois proprement dans vn panier de cliſſe à deſſein de m'en ſeruir contre mes ennemis: Car ie tiens qu'il n'y a point de matiere qui pût produire tant de Gueſpes ny tant d'Anetons, pour leur jetter au viſage.

DRIOPE, Tes compagnons ne me raillent pas de la ſorte, & ſans ta conſideration leur accortiſe courroit haſard de leur reuſſir.

SIREINE, Preſumeroient ils de te plaire à mon preiudice?

DRIOPE, Non pas cela.

SIREINE, Autrement ils eſprouue-roient que les combats naiſſent quelquefois de la ialouſie.

DRIOPE, Ie te prie que non ; quel deſeſpoir me ſeroit-ce de t'auoir mis en danger, pluſtoſt que de cau-ſer entre vous ce different, i'ayme mieux dés à preſent te rendre mai-ſtre de la place.

SIREINE, De ta parole te ſouuiéne.

DRIOPE, A la bonne heure, il m'a entenduë, ie le tiens, ie le poſſede, nous paſſerons tous deux de fort bonnes heures pendant qu'Vranie s'amuſera à ronger ſon frein. Mais à propos d'Vranie : que Thirſis eſt innocent, & que la renommée eſt fole de le publier pour vne mer-ueille. A quoy s'occupe-il ? à deï-

fier le mépris & la rigueur, & à de-
plorer iour & nuict fon infortune.
Le moyen de cōtinuer long-temps
cefte vie fans s'exhaler tout à fait. A
la fin il mettra la cherté aux foûpirs,
& il n'en reftera plus pour les miferables. Au refte, pour qui tout cela?
pour vne qui fe mocque de luy, &
qui poffible s'en mocque pource
qu'il mendie ce qu'il deuroit prendre. Infailliblement elle ne le fait
qu'à intention de l'attirer hors du
chemin public, fes refus font autant
de fines inductions à la violence.
Qu'attend-il, qu'elle le prie ouuer-
tement?

CHORILAS, Driope.

DRIOPE, Pareffeux, il y a tantoft vne heure que ie fuis icy à t'at-
tendre.

CHORILAS, L'arriuée de Lycan-
dre m'a retardé, d'autant plus iufte-

ment qu'il me communiquoit l'affection qu'il te porte.

DRIOPE, Parlons de ton affaire.

CHORILAS, Parlons dóc de la passion de Thirsis. N'es-tu pas toujours en volóté d'y prester la main, & d'aider à sa recherche, tu me l'as promis.

DRIOPE, Les expediens me manqueront, ou ie ne te manqueray point ; que pourrois-ie refuser à mon frere d'alliance ? Mais quand ie t'appelle mon frere, ie pretends d'estre sœur, afin d'estre ta Iunon.

CHORILAS, Cela s'entend.

SIREINE, Chorilas, dy que tu en tiens, elle t'appelle son frere d'alliance. Demande à ses propres freres comme elle les a traictez. Onques Medée ne mit mieux en pieces Absyrte qui estoit le sien.

DRIOPE, Il m'aime, & il nous void ensemble, tu discernes aisé-

ment vn amy d'auec vn jaloux. A
vous deux pourtant le debat, car
ie resteray au plus habile. Au reste,
sçais-tu qu'il y a ? il est vray que ie
ne suis pas precisément si fidele,
pource que ie ne m'offre gueres aux
autres que par coustume, ou par ac-
quit. Or c'est ton auantage : Ie suis
bien-aise que ma foy soit encore
vierge, ce qui ne seroit pas si ie m'en
estois seruie : Ainsi tu la trouueras
toute entiere, ie te la reseruois.

CHORILAS, Oblige - moy de
tant, ma Iunon, & ma Maistresse.

DRIOPE, A d'autres, i'ay les yeux
ouuers, il s'imagine que j'ignore
qu'il aime Cibele.

CIBELE, Bon iour Driope.

DRIOPE, Bon iour Cibele, n'as-
tu point rencontré Phaon? Ie le
cherche par tout.

DRIOPE, Il vient de passer par
icy

icy comme vn éclair.

CIBELE, Ie l'auray donc bien
toft atteint.

DRIOPE, Elle ne craint pas ces
éclairs. Cependant chacune à le
fien, & chacun a la fienne, & moy
ie n'attrape perfonne. Que mon fort
eft def-obligeant. Toutefois il me
refte vne confolation: Si le deftin
me fait du mal, i'en feray bien aux
autres.

SCENE SIXIESME.

HELENOR ET MENALQVE.

HELENOR, Apres auoir prié
les Dieux pour l'heureufe
vnion de deux volontez, aprés leur
auoir offert les Sacrifices qui font
deftinez à faire naiftre & reüffir vne

C

Amour legitime, il importe de ne rien obmettre de ce qui dependra de nous.

MENALQVE, L'Oracle ne parleroit pas mieux ; la Pieté veut que l'on prie , & la Prudence qu'on agiſſe. Mais encore, Helenor, quel moyen auons-nous d'y contribuer quelque bon effet ? car nous ſommes tellement portez au bien de nos pupilles, toy de Thirſis, & moy d'Vranie, qu'il n'y a rien que nous ne fiſſions pour cela, fallût-il perdre mille vies.

HELENOR , Menalque , tu as grande raiſon d'en iuger de la ſorte; meſme affection produit en nous meſmes ſentimens. Toutesfois il n'eſt pas beſoin de renuerſer l'ordre que les deſtins ont eſtably : C'eſt que les hommes ceſſent d'eſtre vtiles en ceſſant de viure, & au contraire, nos victimes ne seruent qu'en mourant.

MENALQVE, De quoy donc est-il question?

HELENOR, D'auoir bon courage, soit à esperer, soit à entreprendre. La saincteté de nos desirs me promet que le Ciel benira nos desseins, bien qu'en la celebration des mysteres on eût dit que les cierges éclairoient à regret, & que les lauriers y bruloient sans petiller. Quant à l'execution, elle a esté fort bien conceuë par ceux de nostre brigade, il ne faut qu'y mettre la main.

MENALQVE, A propos, qu'ont-ils resolu?

HELENOR, Leurs aduis sont differens là dessus. Sireine a toujours crû qu'il n'y auoit qu'Amarile, gouuernante d'Vranie, qui fût capable de luy persuader quelque chose.

Phaon qui arriuera bien-toſt, s'il
n'eſt déja venu,ſoûtient qu'il eſt ne-
ceſſaire d'auoir recours à la Magie.
Chorilas conclud à gaigner Driope,qu'il eſtime infaillible à effectuer
tout ce qu'elle voudra entrepren-
pre.

MENALQVE, Et toy,qu'en penſes-
tu?

HELENOR,Vous autres deuez opi-
ner les premiers : Apres c'eſt à nous
qui ſommes Sacrificateurs de re-
cueillir les ſuffrages.

MENALQVE, Donc c'eſt mon opinion qu'auant que d'eſſayer tous ces
expediens, il faudroit que Thirſis
taſchât de rencontrer ſa Maiſtreſſe,
& de luy témoigner l'extremité où
ſa paſſion le reduit.

HELENOR,Pour monſtrer que
c'eſt auſſi mon opinion, i'ay pris la
charge de les aſſembler icy au plu-

toſt, nonobſtant toutes les fuites
d'Vranie. De plus, ſous pretexte de
mieux ſolemniſer la puiſſance qu'A-
mour eut ſur Apollon quand il en
fit vn Berger, i'ay ordonné qu'à di-
uerſes de nos entre-veuës, par forme d'Hymnes de la Feſte, on recitera des Stances, & que l'on pren-
dra celles qui ſont grauées ſur les
arbres de ce riuage, à cauſe que chacun les ſçait; & que nous n'auons
pas loiſir d'en compoſer d'autres.
Ainſi ſous ombre de Religion, Vranie entendra redire les vers que
Thirſis a fait pour elle, & ne ſe dou-
tera pas que c'eſt vn artifice preme-
dité, & vn piege amoureux que
nous luy dreſſons.

MENALQVE, Comment eſt-ce
qu'elle les entendra redire?

HELENOR, Dernierement elle me
pria de luy donner des Odes qui me

pluſſent, afin de les faire apprendre
par cœur à Philis & Philidor ſes
ieunes fauoris : Tu ſçais bien qu'elle les cherit, à cauſe que leur âge innocent cautiónne leur gentilleſſe,
& qu'ils la ſuiuent par tout. Ie luy
promis de luy en enuoyer par le
meſme chœur qui les reciteroit à
l'honneur de la Feſte , comme ie
t'ay dit, & ie tiray ſerment d'elle,
qu'elle les oyroit prononcer à celuy
qui les y porteroit de ma part. Or
on n'eſt iamais diſpenſé de la foy
qu'on nous a iurée ; c'eſt pourquoy
elle n'a garde d'y contreuenir.

MENALQVE , L'inuention en eſt
excellente , & digne d'eſtre ſuiuie
d'vn ſuccez tout pareil.

CHOEVR.

La premiere fois que Thirſis voulut offrir ſon ſeruice à Vranie, il
graua ces vers ſur vn Plane, d'où
ils ſont tirez.

MEs yeux, adorez vos vain-
    queurs
Ces appas Monarques des cœurs,
Ces charmes tout-puiſſans de ma belle
    Vranie,
Dont les parfaites qualitez
Font aduoüer aux Deïtez
Qu'elle ſeule poſſede vne gloire infinie.

   Douter de leur eſtre ſoûmis,
C'eſt paſſer pour leurs ennemis,
Et ſe monſtrer priué de ſens & de
    courage :

              C iiij

Depeur donc de les rebutter,
Efforcez-vous de meriter
Qu'ils vous faſſent l'honneur d'acce-
pter voſtre hommage.

Rendez à leur iuſte fierté
La vie apres la liberté,
Afin d'en obtenir la faueur où i'aſpire,
Qu'auecque ſon conſentement
Ie luy proteſte ſainctement,
Que l'heur de la ſeruir me tient lieu
d'vn Empire.

Des attraits ſi grands & ſi doux
Ont droit de triompher de vous
Comme des Conquerans, trop dignes,
& trop braues,
Puis que par vn nouuel effet
Que tous les Mars n'ont iamais
fait,
Ils prennent les regards, & en font
des eſclaues.

Ha! que le Ciel vous a cheris,
Vos vainqueurs sont ses fauoris,
Il aime les apas comme les gentilleſſes,
C'eſt ce qu'il a poly le mieux,
Et c'eſt à cela que les Dieux
Côtens de la priere, ont cedé les careſſes.

Il n'a rien formé iuſqu'icy
Marquant qu'il en euſt du ſoucy,
Au prix des raretez qu'Vranie poſſede:
De fait, on croit qu'en l'acheuant
Il dit, c'eſt aller trop auant,
Puis qu'en eſtant l'Autheur, moy-meſ-
          me ie luy cede.

Auſſi ie priſe tant mes fers,
Que ie conſens que les Enfers
M'enuoyent aux priſons où ſont les
          Encelades;
Si iamais i'en veux échaper,
Ou bien ſi l'on peut m'attraper,
Que quelque autre beauté me vole des
          œillades.

Ne vous adreſſez point à moy
Eſperans de rauir ma foy,
Pensées, ſentimens, fantaiſies, caprices,
Car ſi vous l'auiez entrepris,
Ie vous aurois bien-toſt appris
Qu'on ne peut reüßir à choquer mes
　　ſeruices.

Toutefois i'ay tort d'y penſer :
Car pourquoy me veux ie offenſer
M'alleguant ces raiſons , m'oppoſant
　　ces menaſſes ?
Ie ne puis eſtre ſans l'aimer,
Non plus qu'elle ſans me charmer,
Ny me tirer des nœuds où m'engagent
　　ſes graces.

Ie nomme mes captiuitez
Tout autant qu'elle a de beautez,
Qui ſçauent enchaiſner quand elles
　　veulent plaire ;
Mon ame eſt priſe en ſes liens,

Et mes yeux mourans dans les siens,
Ont perdu le moyen de s'en pouuoir
   deffaire.

  Nous sommes tous deux nompareils,
Et si l'on reçoit deux Soleils,
Vranie en est vn, effaçãt les plus belles,
Et moy, selon les loix d'Amour,
Me rendant iustice à mon tour,
Ie me dois appeller le Soleil des fidelles.

  Son esprit capable à mon gré
De monter au plus haut degré
Où puisse paruenir la pureté d'vn Ange,
Veu l'excellence de ses dons,
Sçait qu'il me tient par des cordons,
Et qu'il foule à ses pieds les audaces
   du change.

  Son corps formé des ornemens,
Que les plus propres Elemens
Et les Astres heureux causent en la
   Nature,

Tient son esprit & ma raison
Dedans vne mesme prison,
Dont rien fors que la mort n'ouurira
    la closture.

Ie le dis encore vne fois,
Ses yeux, son visage, sa voix,
L'ambre, que son haleine adiouste à
    sa parole,
Peuuent plus sur tous les dangers,
Esprouuer des Amans legers,
Que ne peut sur les vents l'authorité
    d'Eole.

Mais quoy? ie me vais deceuant:
Helas! ie ne crains pas le vent,
Et i'ay sujet pourtant de craindre le
    naufrage:
Arion, apprends-moy les airs,
Ou preste leur force à mes vers,
Dont l'heur soit dedans celuy qui m'a-
    meine au riuage.

ACTE SECOND.

SCENE PREMIERE.

THIRSIS, VRANIE, HELENOR,
MENALQVE, ET AMARILLE.

THIRSIS, Soleil va te cacher, puis que voila Vranie, autrement tu ne seruiras que de luſtre à ſa beauté.

VRANIE, Soleil garde toy bien de te retirer, ie n'ay point commis d'attentat qui doiue cacher ta lumiere, & il ne ſeroit pas raiſonnable qu'vne nuit ſi ſoudaine nous ſurprit icy.

THIRSIS, Demeure donc bel aſtre, afin de luy obeyr, ainſi elle aura plus

de gloire de t'effacer en ta prefence,
& tu auras plus d'honneur de luy ceder que de la fuir.

VRANIE, Tout-beau Thirfis qu'on
ne me face point de querelle auec
les Dieux, nommément auec celuy-
là que i'honore à la perfection, &
que i'aymerois tout à fait, s'il ne fe
rendoit pas fi commun en luifant à
tout le monde.

THIRSIS, Tu les adores, & moy ie
les imite, apres que ie les ay adorez;
c'eft faire dauantage.

VRANIE, Et ne fuiuons nous pas
auffi bien que toy la vie qu'Apollon
mena autresfois en cette contrée?

THIRSIS, Ce n'eft pas tout d'eftre
Bergers à fon exemple, fi on ne l'eft
à fa façon. Ce grand Dieu quitta le
Ciel pour venir feruir fur la terre
vne beauté accomplie. Amour auec
vne de fes flefches menoit Apollon

parmy ces champs & ces prés, en
mefme temps qu'Apollon y menoit les brebis auec fa houlette mal-
gré les iniures de l'air, foit de iour,
foit de nuit il ne fe plaignit iamais,
fi ce n'eft de l'ardeur de fa paffion,
ou des froideurs de la perfonne qu'il
aimoit; vn peu d'eau & de gland furent fon nectar & fon ambrofie, &
le creux de fa main luy feruit de la
coupe que Ganimede prefente à la
table des Dieux. Neuf ans tous entiers l'ont veu attaché à cette ferui-
tude, qui auroit efté abiette & indi-
gne de luy, fi l'affection qui luy por-
toit ne l'eut releuée. Voila l'employ
des meilleures heures de noftre e-
xercice, voyla ce qu'il y a de plus rare & de plus digne d'y eftre prati-
qué.

VRANIE, Et bien que chacun imite
les Dieux fuiuant fa deuotion, tu fe-

ras comme Apollon , & ie feray
comme Diane, ainſi nous oblige-
rons le frere & la ſœur.

THIRSIS, De bon cœur i'acquieſ-
ceray à ta reſolution, pourueu que
l'euenement reſponde au preſage.
Cette Deeſſe ne poſſede nulle qualité dans laquelle tous les ſentimens
humains ne l'ayent poſſedée , l'vne
au Ciel, elle ayme Endimion qui
iöüyt de ſes faueurs ſur les montai-
gnes de Carie. Diane dans les bois
elle ayme Hippolite, apres auoir aymé Alphée, dont les eaux ſont ſa-
crées depuis ce temps-là. Proſerpine
dans les Enfers , elle ſe rauit de ioye
de ce que Pluton l'y rauit d'amour,
& les tenebres de leur ſejour ne ſont
eternelles, qu'à fin de couurir leurs
careſſes qui le ſont auſſi. Elle preſi-
de à la félicité des acouchemens
ſoubs le nom de Lucine, & pour-

quoy

quoy penſes-tu qu'aux nuits qui
ſont les plus ſereines, elle ſe plaiſt ſi
fort à briller deſſus les eaux? En voy-
cy la raiſon que i'ay appriſe de Menalque, elle y fait des ondes d'argent
pour marier ſes Nymphes qui ont
trouué party. Tellement que i'ay
ſujet de te ſouhaitter l'imitation de
cette Deeſſe, meſmes encores que tu
en retranches tout ce qui te ſemble-
ra paſſer les bornes d'vne legitime
amitié.

VRANIE, Sçache que ie ſuiuray
mes penſées, & non pas les tiennes,
& que ie ne crains point les prophe-
ties, dont l'accompliſſement dependra de moy. Mais puis que le paſſé
ne te l'a pû perſuader, il faut que
l'auenir y ſatisfaſſe.

THIRSIS, Hé! que n'ay-ie point
fait depuis noſtre enfance iuſques à
preſent, afin de gaigner par mes ſer-

D

uices la part que ie me fouhaitte en tes bonnes graces ?

VRANIE, Au contraire, tu n'as que trop fait : ayant entrepris des chofes qui ne peuuent reüffir, il eft impoffible que i'ayme.

THIRSIS, Et il eft impoffible que ie ne t'aime pas.

VRANIE, Voyons qui de ces deux impoffibles aura la victoire?

THIRSIS, Ce fera le plus fort.

VRANIE, Ce fera donc le plus iufte. Mais qui te contraint de m'aimer ?

THIRSIS, Ton merite. Mais qui t'empefche d'aimer ?

VRANIE, Ton exemple. Quand mon humeur n'y contrediroit pas, les tourmens que tu endures m'en dégoufteroient; tous les chaftimens de ta folie me font autant de menaffes.

THIRSIS, Tu as peur de mes maux,

au lieu d'en auoir pitié ; cependant
tu fçais combien, & pour qui i'endure.

VRANIE, C'eſt dequoy ie me
plains, c'eſt ce qui me faſche.

THIRSIS, Quel tyran s'eſt iamais
plaint d'auoir trop de puiſſance ?
quel voleur ſe faſcheroit de déro-
ber de ſi bonne grace, qu'on n'eût
point de plus grand deſir que de
tomber entre ſes mains ? De plus,
conſidere la nouueauté de cette
iniuſtice;ne me point regretter,par-
ce que ie ſouffre beaucoup, & me
priuer de recompenſe à cauſe que ie
la merite. I'auoüe qu'il n'appartient
qu'à moy d'eſtre miſerable; auoüe
auſſi qu'il n'appartient qu'à toy d'a-
uoir de la cruauté.

VRANIE, Eſpargne l'innocence
qui n'en peut mais.

THIRSIS, Eſpargne la foibleſſe qui

n'en peut plus.

VRANIE, Thirſis, moins de reproches.

THIRSIS, Vranie, moins de rigueur. Tu n'as pas vn charme qui ne m'enforcele ; tu ne donnes pas vn regard qui ne m'embraſe ; tu ne dis pas vne parole qui ne m'emporte l'ame. Apres tant de martyres & de prieres, feras-tu touſiours inſenſible & inexorable ?

VRANIE, Ceſſe de médire de moy, pour le moins en ma preſence. A ton conté, les meilleures de mes qualitez ſont les pires des crimes. Ie t'enforcele, ie te brule, mes loüanges ne publient que mes homicides. Ne t'eſtonne donc pas ſi ie ne veux plus d'or-en-auant commettre tant d'énormitez. C'eſt pourquoy ie te le declare vne fois pour toutes, il n'y aura plus de conuerſation entre

nous, non pas feulement par voye
de rencontre. C'eſt le moyen de te
guerir, & de m'empeſcher de te nuire ; l'abſence oſtera les deſ-ordres
que la preſence cauſoit.

THIRSIS, Helas! ſi la preſence me
bleſſe, l'abſence me tuë : ainſi mon
remede ſeroit bien plus nuiſible
que mon mal.

VRANIE, Cependant tu t'appro-
ches touſiours de moy.

THIRSIS, Il m'eſt force, puiſque tu
m'attires.

VRANIE, O Raiſon, comme il t'a-
bandonne !

THIRSIS, O Amour, comme elle
te fuit !

VRANIE, Vrayement cette perſe-
cution me deſ-oblige.

THIRSIS, A moins que d'eſtre bien
auec toy, c'eſt fait de ma vie. Toutesfois ſi ie t'importune, le reſpect

me commande de la finir.

VRANIE, Il n'eſt pas queſtion de
cela , ſeulement ceſſe d'aſpirer où
l'on ne ſçauroit paruenir.

THIRSIS, Et s'il faut abſolument de
deux choſes l'vne , ou que ma flamme me conſomme , ou que tu m'en
viennes tirer ?

VRANIE , Ne dit-on pas que de
deux maux il faut choiſir le moindre ? par conſequent fais eſtat que tu
bruleras tout ſeul.

THIRSIS , Poſſible ton humeur s'a-
doucira quelque iour.

VRANIE, Pluſtoſt nos foreſts pren-
dront racine dans les nuës , pluſtoſt
nos petits vers luiſans depoſſede-
ront les flambeaux du ciel , pluſtoſt
ſon azur deuiendra de la couleur de
nos prairies, & le belier & le taureau
celeſte paiſtrõt l'herbe de nos mou-
tons. En vn mot , toute la nature

changera pluſtoſt que ie change.

THIRSIS, Quoy? tu ne te contentes pas de differer ma felicité, me veux-tu encore rauir l'eſperance?

VRANIE, Tant s'en faut que ie te la veüille rauir, tout exprès ie ne te l'ay iamais donnée, afin qu'vn iour ie ne fuſſe point en peine de te l'oſter.

THIRSIS, O Dieux! que deuiendray-ie?

VRANIE, Tu deuiendras plus ſage ſi tu m'en crois.

THIRSIS, Que ne diſois-tu plus heureux?

VRANIE, L'vn s'enſuiura de l'autre.

THIRSIS, I'ay vne paſſion ſans ſeconde, pour vne beauté qui eſt ſans pareille; & i'idolatre des perfections qui ſont infinies, qu'y a t'il à blaſmer en cela?

VRANIE, Quand tu me loües de la
forte, tu te trompes, tu t'aueugles.

THIRSIS, Donc apres Tirefias ie
fuis aueugle pour auoir bien iugé.

VRANIE, Le iugement nous apprend qu'il fe faut vaincre.

THIRSIS, Il nous apprend auffi qu'il
faut vaincre l'humanité, la rudeffe,
le mépris, & non pas l'amitié : &
puis, fi vne partie de moy eftoit vi-
ctorieufe, l'autre en feroit efclaue ;
& ie ne puis eftre efclaue que de tes
beautez.

VRANIE, Croy moy encore vn
coup, défay-toy de ces inquietudes,
regarde ce que les mauuais foucis
ont fait de Clytie.

THIRSIS, A tout hazard, ie ne hay
pas les foucys qui fleuriffent.

VRANIE, De quoy feruent les foins
inutiles, qu'à auancer les cheueux
blancs?

THIRSIS, C'eſt tout vn, Iupiter ſe
fit bien auſſi blanc qu'vn Cigne
pour vne maiſtreſſe.

VRANIE, Sans doute, ie gaigneray
dauantage à procurer ton bien,
qu'à te le conſeiller, & partant ie te
le repete pour la derniere fois, ie
n'attends plus auoir dés cette heure
nulle communication auec toy,
ton repos & ma reſolution l'ordon-
nent de la ſorte.

THIRSIS, Eſt-ce ainſi que tu me
prononces l'arreſt de ma mort? Car
me defendre de te voir, c'eſt me defendre de viure.

VRANIE, N'en parlons plus, s'en eſt
fait, le deſtin reglera tes iours, & ie
regleray mes actions.

THIRSIS, Permets moy d'appro-
cher ma main de ton cœur, & ie gage que i'y trouueray ce que ie m'i-
magine.

VRANIE, Pour ton imagination il
n'en fera autre chofe, à quel propos
permettre de me toucher ? Ie ne
voudrois pas feulement que fans neceffité l'vne des mains touchaft l'autre; des parties du vifage ie n'aime
que les yeux, d'autant qu'on ne les
fçauroit toucher qu'ils ne s'en of-
fenfent. D'entre les Deeffes, Iris me
reuient le plus, à caufe qu'elle eft
egalement vifible & impalpable.
L'vn des plus glorieux priuileges du
Ciel, c'eft qu'il eft hors de la portée
de l'atouchement, les plus belles
fleurs perdent leur odeur & leur
fraifcheur dés qu'on les a maniées,
toutes les rofes s'en defendent auec
leurs épines, & les difcrets font d'o-
pinion que les plus nobles d'entr'elles en rougiffent de crainte, de maniere que leur pudicité fe tefmoigne par leur couleur.

THIRSIS, Touche toy donc toy-meſme, & particulierement du coſté du cœur.

VRANIE, Et pourquoy?

THIRSIS, Pour voir ſi tu ne te ſents point conuertir en rocher.

VRANIE, Tu confonds la dureté du corps auec la fermeté de l'eſprit, tant y a que nous n'auons plus rien à demeſler enſemble.

THIRSIS, Non pas meſme à nous entreuoir, & il ne me ſeroit plus libre de te regarder ?

VRANIE, Point du tout.

THIRSIS, Et qui s'auiſa jamais de mettre des chaiſnes aux yeux ?

VRANIE, Enfin l'heure eſt venuë de nous ſeparer.

THIRSIS, Ha cruelle!

VRANIE, C'eſt mon humeur.

THIRSIS, Ha, ingrate!

VRANIE, C'eſt mon deuoir.

THIRSIS, Ne te fuffit il pas de
m'auoir tenu par le paffé tant de rigueurs, fans m'ofter ce peu de vie
qu'vn peu d'efpoir me laiffoit? neát-
moins quelque grand que foit mon
mal-heur, ie veux croire qu'il eft iufte, puis que tu l'ordonnes, au refte
ie te contenteray bien toft tout à
fait. Adieu donc Vranie.

VRANIE, Adieu Berger.

THIRSIS, Comment? les noms
des autres les furuiuent apres le trefpas, & le mien mourra pluftoftque
moy.

VRANIE, Adieu Thirfis.

THIRSIS, Adieu mon ame, Adieu
mon foleil.

VRANIE, Tout ce que i'ay de ton
ame, c'eft que ie t'abandonne: tout
ce que i'ay du foleil, c'eft que tu me
fais ecclipfer.

HELENOR, Menalque fouftenons

Thirſis, il s'éuanoüit, il ſe paſme.

MENALQVE, Amarille raporte au moins à Vranie l'eſtat où elle l'a laiſſé.

SCENE SECONDE.

ARISTEE, THIRSIS, MENALQVE, DRIOPE.

ARISTEE, Hé! qu'eſt-cela Thir-ſis, te voudrois-tu rédre? vray-ment il n'en faut pas demeurer là.

THIRSIS, Auſſi ma douleur ne ſouffrira pas que i'y demeure long-temps.

ARISTEE, Ie veux dire qu'il faut viuement reſiſter au mal-heur & ſe releuer apres ſa cheute; au iourd'huy le ſort t'a jetté par terre, poſſible qu'vne autrefois il y jettera la per-

sonne qui s'en doute le moins. Apres
que les pluyes ont renuersé les bleds,
Ceres en redresse les jaueles, & re-
passe la main sur leurs espics. Apres
que les Aquilons ont abaissé presque iusques en terre l'orgueil des
Sapins, à force de se raffermir, ils re-
trouuent leur droiture. Au demeurant quiconque va à l'attaque sans
se preparer aux coups, ou pense
estre inuulnerable, ou bien ne pense
pas à ce qu'il fait. Il est des Amans
comme des Soldats, bien que leur
courage fut tousiours égal, les armes & les auantures en sont iourna-
lieres. Que dis-je qu'il est des Amans
comme des Soldats? certes la pro-
fession d'aymer est tout autrement
penible que celle de la guerre. Vn
Amant doit combattre ce qu'il ayme, & puis vaincre ce qui l'a fait son
captif, tous les coups qu'il reçoit luy

donnent droit dans le cœur, & il
n'eſt guidé que par vn enfant tout
nud & aueugle: aux autres combats,
ſi l'ennemy nous fuit il en reſte deſ-
honoré, icy c'eſt tout le contraire.
Daphné pour auoir fuy Apollon
emporta le laurier. Apres bien
des maux eſt on vainqueur? il faut
celer ſa victoire, & ſur tout ne pas
manquer de ſe mettre dans les fers
de l'objet qu'on a vaincu. C'eſt
pourquoy ie te conſeille de renon-
cer à cette peine, ou d'aymer en autre lieu, il n'y a rien qu'vn Berger
de ta ſorte ne doiue eſperer de toute
autre Bergere que d'Vranie.
THIRSIS, Thirſis ſeroit inconſtant
& par conſequent peu loyal; c'eſt
vn crime, c'eſt vne laſcheté qui ne
peut tomber en ma penſée, ie n'ay
pas entrepris d'eſtre heureux, mais
d'eſtre fidele Berger, qu'on ne me

tienne plus ce langage, il semble-
roit que mes amis me vouluffent
defpoüiller de la meilleure qualité
que ie poffede, & que les rigueurs
d'Vranie ne m'ont fceu enleuer,
bien loin de changer d'affection durant ma vie, apres ma mort elle paf-
fera auec moy le fleuue de l'oubly.

ARISTEE, Tant mieux, ie fuis rauy
de te voir ainfi fidele, tafche donc
d'eftre auffi conftant. Amour eft
inhumain depuis que pour rendre
fonEmpire plus vniuerfel, non content de s'eftre logé dans le fein des
hommes & des Dieux, il voulut entrer dans le cœur des beftes, de là
viét qu'il a quelque chofe du Loup,
du Tigre, du Lyon, du Serpent, du
Leopard : l'extreme communication qu'il a euë auec ces fiers animaux, luy gliffa plus de moitié de
leur naturel, c'eft là l'origine de l'in-

humanité

humanité qu'il exerce fur les fiens,
notamment fur les Bergers, à caufe
qu'ils n'ont pas les diuertiffemens
des villes, faut il s'efbahir de ce qu'il
traite ainfi les mortels, apres qu'il a
fi mal traité les Dieux, qu'ils fouf-
froient plus que les beftes dont ils
prenoïent la figure. Les abeilles fe
foulent de Thin & de fleurs, le Thin
fe raffafie de pluye, les fleurs fe gor-
gent de rofée, mais Amour ne fe foule iamais de nos larmes & iufqu'à
tant que la iouÿffance luy fuccede,
on ne fçait que c'eft d'eftre exempt
de trauerfe ny de defplaifir.
MENALQVE, A propos de ce que
te dit Ariftée, ie te raconteray l'hiftoire d'vn ieune Berger, qui fut la
merueille de fon âge en fait de conftance, fon nom eftoit Lyfis, fa Maiftreffe s'appelloit Lydie : leur premiere rencontre ne fut pas moins

E

épineuſe, que le ſuccez en fut heureux. En peu de mots, ſix retours de
moiſſon furent témoins de la patience qu'il eut durant les mépris
de ſa rebelle. Ceſte Bergere luy tenoit des rudeſſes & des fiertez qui
le pouſſoient quelquesfois ſur le
bord du deſeſpoir. Combien de fois
le temps s'en eſt-il couuert de regret, & les vents ont-ils monſtré de
luy compâtir auec leur murmure?
Combien de fois les Cheſnes ſe ſont
ils fendus de douleur, oyās les Drya-
des leurs ſœurs en ſanglotter ſous
leur eſcorce ? Combien de fois les
Rochers ont-ils répondu à ſes plaintes, & les vallons ont-ils meſlé leurs
eaux à ſes pleurs ? cependant il ne
manqua non plus de courage, que
de ſujet de l'exercer. Apres s'eſtre
mille & mille fois épuiſé de larmes,
& laſſé de gemir dans ſa ſolitude, il

recherchoit tous les diuertiſſemens
qu'il ſe pouuoit donner. Tantoſt il
choiſiſſoit le plus beau de ſes mou-
tons, & ayant laué ſa toiſon auec du
laict, il en friſoit les plus groſſes
touffes, y attachant par endroits des
rubens de ſoye de mille couleurs.
Ce preſent là s'adreſſoit à Lydie, qui
n'enclinoit pas touſiours au refus.
Tantoſt il faiſoit des guirlandes de
fleurs & de fruicts, tellement entre-
meſlés, qu'on eût creu que la Nature les eût ainſi rangez de ſa propre
main. Lydie n'eſtoit pas quelquefois ſi dédaigneuſe, qu'elle ne s'en
paraſt. Tantoſt il attachoit vn co-
lier de ſon inuention à vn fan de
biche qui auoit accouſtumé de s'aller rendre au hameau de Lydie, laquelle eſtoit le plus ſouuent d'humeur de ſe ioüer auec luy. Vne fois
qu'il nourriſſoit des oiſeaux, il s'a-

uifa de leur apprendre en fecret à
prononcer ces deux noms, Lyfis, &
Lydie. Dés qu'ils furent affez fça-
uans, il leur ouurit la cage, & rendit
la liberté. Elle s'entendant nommer
parmy l'air, & deffus les arbres, auec
fon Seruiteur, luy dit vn iour en le
prenant par la main : Lyfis, puis que
ces truchemens de la Nature nous
mettent enfemble, il y faut viure &
mourir. De maniere Thirfis, que fa
perfeuerance fut recompenfée. Ce
qui nous enfeigne veritablement,
que fi les hommes font l'Amour,
l'Amour fait les hommes.

THIRSIS, O le gentil Amant ! ô
le Berger admirable ! Menalque
n'eft-il plus au monde ? & le faut-il
admirer fans le voir ?

MENALQVE, Enuiron le temps
que tu vins icy, il te quitta la place,
fon tombeau n'eft qu'à cent pas de
nous.

THIRSIS, Driope, cét exemple me
femble plein de confolation, qu'eft-
ce que tu en penfes?

DRIOPE, Les raifons de ces Bergers font fort bonnes: toutefois i'o-
ferois fouftenir que mon confeil eft
meilleur. Ils t'exhortent à fouffrir,
& moy ie t'exhorte à te deliurer.
Venons à bout de nos deffeins par
amour ou par force, il n'importe de
quelque façon que ce foit. Aux en-
treprifes ie n'apprehende que la premiere; aux foûpirs que le dernier:
mais la crainte te tient en bride.
Pourquoy te faut-il vne bride, n'es-
tu pas homme? Mais ce feroit pe-
cher contre la mefme pureté. Qui
ne pecheroit iamais, laifferoit perdre la clemence.

THIRSIS, Mal-heureufe, que dis-tu?
i'aimerois beaucoup mieux manquer de bon-heur, que de refpect.

~~~~~~

SCENE TROISIESME.

CHORILAS, ARONTE, THIRSIS, DRIOPE.

CHORILAS, Thirfis, voila cét homme excellent, le deuin A-ronte, parle luy franchement, & mets ton cœur entre fes mains, il y découurira la vérité que nos Pre-ftres cherchent inutilement aux en-trailles des victimes.

THIRSIS, Approche, bon vieillard, que ie t'embraffe ; tu fois donc le bien arriué, ie te confeffe que tu ne pouuois venir à meilleure occafion.

ARONTE, Sus, mon fils, dequoy eft-il queftion ?

THIRSIS, Il eft queftion de fçauoir l'iffuë de l'embrafemét que ie fouf-

fre, & si celle qui me le cause en aura à l'auenir quelque pitié.

ARONTE, Ie t'en demande l'origine.

THIRSIS, Il vient de deux Astres ju-
meaux, qu'on prendroit pour Ca-
stor & Pollux, n'estoit vn obstacle
qu'il y a, c'est que leur mere n'est
pas laide. Ce sont les beaux yeux
d'Vranie qui me brulent de la sorte,
qu'en arriuera-t'il ?

ARONTE, Il ne faut pas demander
si le tourment que tu endures est
tres-cuisant, & tres-plein de violence.

THIRSIS, Phlegeton qui roule aux
enfers des torrens de flamme, est la
seule comparaison de celle qui
court dans mes veines. Tellement
que mon ame est plustost logée
dans vn bûcher allumé, que dans le
corps d'vn homme.

ARONTE, Cefse de t'en émerueil-
ler ; la mefme ardeur a fondu Iupiter en pluye d'or pour la fille d'A-
crifie. Les vagues de la mer n'en ont
pû garentir Neptune. Vulcain, qui
eft le Dieu du feu, & Pluton qui ordonne fon fupplice, ont pafsé par là.

THIRSIS, Que deuiendra donc
mon cœur , qui eft iour & nuict
dans cefte fournaife ?

ARONTE, Ce que deuindrent Déi-
phon & Achille, lors que Cérés mit
le premier, & Thetis le fecond, def-
fous la braife, afin de leur ofter tout
ce qu'ils auoient de mortel.

THIRSIS, Et à quoy fe refoudra
Vranie ?

ARONTE, La beauté & la chafteté
fe contrarient en elle; la beauté veut
qu'elle aime , & la chafteté veut
qu'elle n'aime pas. Ces deux diuines
perfections fe combattent, comme

lesDieux fe combattoient à la guerre de Troye. Auffi l'iffuë en fera
prefque femblable : c'eft à dire; cela
finira par vn beau feu qui y fera mis
de la main d'Amour.

THIRSIS, Aronte, ie prie les Dieux
& maMaiftreffe qu'ils t'en vueillent
bien oüyr. Cependant ie fuis encore
trop heureux de refpirer l'air qu'elle
refpire, de pouuoir reuerer fon ombre & baifer les traces de fes pas.

DRIOPE, Apres tout il eft euident
que ce bon homme a atteint l'aage
de refuer, & il n'eft pas certain qu'il
ait le don de predire, joint qu'il y a
vn ombrage de mauuais augure en
cecy. Deuant hyer Vranie chantoit
fur fon chalumeau la fuite de Daphné & la fierté de Diane ; vn Roffi-
gnal piqué de gloire s'efforça tellement de le renuier par deffus elle,
qu'en fin il tomba tout haletant à

ſes pieds, peu apres il rédit l'ame & la
ialouſie, & ta Maiſtreſſe au lieu de
le regretter monſtra d'en eſtre fort
contente. Nous auons veu auiour-
d'huy ta diſpute auec elle, puis apres
nous auons veu ton euanoüiſſe-
ment, j'apprehende le reſte.

THIRSIS, Quoy qu'il en ſoit ie n'a-
tendray plus gueres, ſoit mon remede, ſoit ma mort.

SCENE QVATRIESME.

INTERMEDE.

DRIOPE ET SIREINE.

DRIOPE, A qui en veut Sireine?

SIREINE, Iuſtement à toy, où eſt-
ce que i'ay enuoyé?

DRIOPE, Où le porteur m'a dit qu'il le falloit mettre, ie l'ay dans le fein.

SIREINE, Approche tu es veritable, c'est pourquoy tu en feras fatisfaite, fi l'ayāt porté quelque temps, ton inclination pour moy cōtinuë, c'eft figne que nous ferons mariez enfemble, finon il te fera libre de te pouruoir ailleurs.

DRIOPE, Puis qu'il te plaift ainfi ie le porteray quelque temps, fans preiudice neantmoins d'vne nouuelle qui court.

SIREI. Et que dit on de nouueau?

DRIOPE, On dit que tu n'es pas trop mal auec Amarille.

SIREINE, Médifante.

DRIOPE, Diffimulé.

SIREINE, Artificieufe.

DRIOPE, Inconftant. Corine, Licoris, Altée & depuis peu ta Naïade,

cónoiſſent tes legeretez. C'eſt pourquoy ie ne ſeray pas la premiere que
tu auras changée.

SIREINE, Hecate, Alecton, Tiſi-
phone, coniurez toutes trois ma ruine, ſoudain que ie deſiſteray d'eſtre
à Driope ce que ie luy ſuis.

DRIOPE, Poſſible que s'en eſt deſia
fait.

SIREINE, Les ſoupçons ne ſont pas
des preuues. Amarille n'auroit garde de me preferer à Menalque, que
chacun luy deſtine pour mary, outre la voix publique, il a au prix de
moy des richeſſes infinies, à l'entrée
de l'Automne il voit des fleuues de
vin ſuſpendus en l'air par les eſtan-
çons de ſes vignes, en tout temps il
void courir par ſes plaines des fleuues de lait, quand ſes troupeaux y
vont paiſtre, depuis le mont Olim-
pe iuſques aupres de Pamiſe, le Prin-

temps n'eſt verd ny l'Eſté n'eſt blôd
que pour luy. De moy, ce n'eſt pas
le meſme , il s'en faut beaucoup.
Vne demy-lieuë d'aubeſpine cloſt
l'heritage de mes Peres, hors de la
gaiſie, enſemble quelques droits nobles, & quelques pieds d'arbres qui
jettent la reſine ou pour mieux dire
qui pleurent de la compaſſion qu'ils
ont de ma pauureté.

DRIOPE, Sans mentir ie te ſuis
trop redeuable, de riche que tu es, tu
te fais pauure pour moy : mais m'al-
leguer le contraire de ce que ie
ſçay , c'eſt me prouuer le contraire
de ce qu'on me dit, va leger va eſprit changeant. Ie le publieray par
tout, tu n'as qu'vne ame de jonc &
d'oſier dans vn corps d'homme , ta
teſte eſt vne voliere & ton cœur en
eſt vne autre, tes penſées & tes ſentimens en ſont les oyſeaux qui ne

cherchent que leur liberté. Dés que
tu viendras à la Chapelle, ie diray à
Helenor qu'il t'enuoye offrir tes
prieres à la Deeſſe Giroüette, c'eſt ta
deuotió, dés que tu parleras de con-
tracter auec quelqu'vn ie luy de-
demanderay s'il veut paſſer cótract
auec les ondes de la mer & le ſable
mouuant, ce ſont tes ſemblables :
dés que tu penſerasaborder quelque
Bergere, ie ſçauray d'elle ſi elle a reſolu d'eſtre vne ſecondeOritie, pour
ſe laiſſer prendre à vn vent, & encore qui n'a d'amour que la ieuneſſe
& les aiſles. Nagueres on eſtoit en
peine de dóner vn nom qui fut propre à cette pláte qui change de couleur trois fois le iour. Ie me vante de
l'auoir trouué, elle s'appelle Sireine : auec de tels diſcours, le monde
qui t'eſtime ſe deſabuſera peu à peu.
SIREINE, Driopeie m'en reſioüis,

ton eloquence est en sa fleur, quand les feves y viennent.

DRIOPE, Tu m'obliges.

SIREINE, Ouy ie t'oblige de t'aduertir d'vne chose que i'auois oublié de te raporter. Menalque t'accuse chez Helenor durant que tu m'accuses icy.

DRIOPE, On m'accuse chez Helenor, Et qui? & dequoy? voyez ces imposteurs en mon absence, voyez ces lasches. Si sçaurai-je toute à cette heure ce que c'est.

SIREINE, A la bonne heure, ie m'en suis défait & le breuet magique commence à operer, elle ne le quittera de quelque temps, afin de contenter sa curiosité & de me plaire : Car ces menaces monstrent seulement qu'elle voudroit de bon cœur ne me punir pas, ainsi le charme aura tout loisir d'acheuer son ef-

fet. La deffiáce se tournera en amertume , l'amertume en degouſt &
auerſion, l'auerſion en fuite, par ce
moyen ie ſeray hors de peine de ce
coſté-là.

CHOEVR.

LE Printemps eſt de retour,
Et ſon retour nous conuie
A rechercher nuiĉt & iour,
Les delices de la vie,
Ce qui n'eſt ny doux ny beau,
N'eſt bon qu'au tombeau.

L'an eſt comme les amours,
Maintenant dedans l'enfance
Les amours y ſont touſiours,
Luy la perd plus il s'aduance
Meſnageans accortement,
Ce petit mo ment.

Faiſons

Faifons mourir le chagrin
Par l'exces de noftre ioye,
Qu'il aille ronger fon frein
Où fa naiffance l'enuoye,
Puis que le fiecle de fer
Le feift pour l'Enfer.

Cette agreable faifon
Doit refioüir tout le monde,
L'exemple fuit la raifon;
Voyez l'air, la terre & l'onde,
Ne font-ils pas trop contents,
De ce beau Prin-temps?

Il eft defcendu des Cieux
Comme vn fecond Hymenée,
Pour marier à nos yeux
La ieuneffe de l'année,
Et faire que nos plaifirs
Paffent nos defirs.

F

L'air pour voir les champs fleuris
Ne souffre pas vn nuage,
Sinon quand sa belle Iris
En veut former son image:
Sus donc aussi bien que luy,
Chassons tout ennuy.

Ces iours d'or, ces nuicts d'argent,
Sont autant d'heureux presages,
Vn Ciel si fort obligeant
Renouuelle ses vieux aages,
Où tous les plaisirs des sens
Estoient innocens.

Ostez le contentement
La raison n'est qu'vne folle,
I'ay promis au Iugement
De mourir en son escole,
Belle Vranie aydez moy
A garder ma foy.

ACTE TROISIESME.

SCENE PREMIERE.

LE SATYRE ET CIBELLE.

ATYRE, Bergers n'a-
uez vous point veu
paſſer par icy ma Vi-
ctoire; elle ne fait tout
à cette heure que de
m'eſchapper des mains. Cibelle
eſtoit à moy, elle ne s'en pouuoit
deſdire, mais comme i'eſtois ſur le
poinct de me payer de ma peine, elle
ſeſt perduë tout d'vn coup, Dieu
où eſt-elle allée? qu'eſt-elle déue-
nuë? te voila fugitiue, te voila

rebelle, ie ne pense pas que doresna-
uant tu t'en mocques.

CIBELLE, Mon satyre mon demi
Dieu, tout par amour & rien par
force.

LE SATYRE, Viença dans ma cauerne, vien.

CIBELLE, Et qui te dit que non?
SATYRE, Il se faut rendre maintenant à ma mercy.

CIBELLE, Et qui plus est il se faut
rendre de bonne grace, permets
moy seulement de faire de necessité
vertu, ie ne demande sinon que tu
reconnoisses tenir de mon consen-
tement & de tes perfections ce que
tu sembles n'auoir eu que de la fortune & de la violence.

LE SATYRE, Qu'entends tu par là?
car le temps presse.

CIBELLE, Mets toy à genoux deuant moy, protestant que tu es mon

feruiteur, appelle moy ta Maiſtreſſe,
& me prie que pour t'en aſſeurer dauantage ie te donne vn bracelet fait
de mes cheueux.

SATYRE, A quel propos deman-
derois-je ce que ie poſſede? non non,
n'eſpere plus de te ſauuer qu'en me
laiſſant toy & ta cheuelure.

CIBELLE, Vrayement ce n'eſt pas
cela qui m'attache le plus à toy.

SATYRE, Qu'eſt-ce donc?

CIBELLE, Tu te trouueras dans
cette fontaine; vois tu cette maſſe
beauté, cette bruſque ardeur, cette
force heroïque qui t'accompagne,
tu vois quant & quant la chaiſne de
ma liberté. Tel fut autresfois Iupiter déguiſé en ſatyre pour Antio-
pe, & que ſçay-je ſi ce n'eſt point
encore luy?

SATYRE, Il eſt vray que cette fontaine repreſente fort bien, ma reſ-

semblance y est aussi mouuante que
moy, elle y est aussi veluë, viue cette
forme virile, viue ces bras nerueux.
CIBELLE, Si est-ce que cette eau
là est plus propre à te lauer qu'à te
representer, le miroir d'vn Ciclope
c'est la mer, les estangs sont ceux des
Satyres, ces fontaines icy ne sont
bonnes que pour des Narcisses, &
nõ pas pour ce qui a plus de courage
& de vigueur. Or c'est ce qui me
rauit quand ie te contemple ; & qui
me porteroit à t'aymer parfaitemét,
pourueu que tu fusse sensible à mon
amitié.

SATYRE, Doute tu que ie t'ayme?
CIBELLE, Satyre es tu assez bon
pour vouloir que ie n'en doute
point ? iures en donc par ces cornes
dont la Lune semble auoir pris le
modelle de son croissant ; iures en
par cette face qui eut mis à cou-

uert de la perfecution Cypariffe
& Ganimede; iure par cette foreft
qui te couure l'eftomac, cette mer-
ueilleufe foreft où rien de farouche
n'habite , & que ie croy toute de
myrthe puis qu'il n'en fort que des
amoureux: iures en par ces pieds que
Venus fouhaittoit lors que les fiens
furent picquez d'vne efpine , & que
Thetis qui les a d'argent eut voulu
auoir tous femblables, afin d'éleuer
Iupiter.

SATYRE, Contente moy ie iure-
ray tout ce qui te plaira.

CIBELLE, A cela ne tienne, mais fi
tu ne correfponds pas à mon affection à quoy te foubmets tu ? veux
tu fouffrir autant de maux qu'il y a
de füeilles en ces arbres & de Ma-
giciens en ce pays, ou qu'il tiendra
de grains de fable dans ma main?

SATYRE, Pourquoy non?

CIBELLE, Regarde combien il y
en a, leue la veuë au Ciel & la main
aux Dieux qui feront tefmoins de
tes paroles.

SATYRE, Ha ie fuis aueugle, mefchante, trompeufe, perfide, vn iour
i'auray ma reuanche, & apres t'a-
uoir ratrappée ie te feray ramaffer
autant de grains de fable, afin qu'ils
me feruent à conter les fatisfactions
que i'en tireray.

SCENE SECONDE.

AMARILLE ET VRANIE.

AMARILLE, Ma fœur que cette Nymphe eft fage, accorte
& gentille.

VRANIE, Sans mentir ie n'auray
point de repos que ie ne luy aye tef-

moigné combien ie l'eſtime : au reſte ma ſœur coniurons là de tiercer
dans noſtre alliance.

AMARILLE, A l'oppoſite que ce
Satyre eſt vilain & que c'eſt vn laid
monſtre.

VRANIE, Tout Satyre & tout
monſtre qu'il eſt cependât il ayme.

AMARILLE, Il ayme à ſa mode :
voudrois tu comparer aux feux
qui brillent la nuict dans le Ciel,
cette errante & mince lueur qu'on
void quelquefois de loing ſortit
d'vne cabane à trauers les tenebres?
la nature ſuit l'amour, teſmoin que
tout ayme en reuanche, l'amour ſuit
le naturel, teſmoin que chaque eſ-
pece ayme à ſa façon : afin d'aller
par ordre il regne auec les Dieux, il
conuerſe auec les hommes, s'il paſſe
d'eux aux Siluains & des Siluains aux
beſtes, ce n'eſt qu'afin de deſcendre

par degré chez Pluton, tant y a que
ce Dieu qu'on ne figure pas plus
grand qu'vn enfant, n'a pas vn empire moindre que l'Vniuers. Consulte
le Prin-temps, nous y sommes, il
t'instruira là dessus, écoute ces petits
oyseaux dont le ramage diuers declare en combien de façons ils s'en-
tretiennent de leurs flammes, ils ne
monstrent pas moins les marques
du traict qui les blesse, que Progné
chágée en hiródelle monstre ouuer-
temét celles de Therée. Escoute ces
ruisseaux dont le murmure amoureux exprime les plaintes, ils se plaignent parce qu'ils souffrent, & ils
courent parce qu'ils cherchent vn
remede à leur mal. Regarde icy ce
verd naissât, là ce verd obscur dont
la terre se pare afin d'agreer à l'air
qui l'embrasse, cependant qu'il se
plaist à figurer aux Païsans que ce

font des eftoilles qui tombent lors
qu'il brufle pour elle reciproque-
ment. Regarde ces fleurs qui fe la-
uent tous les matins auec de la rofée,
pour empefcher que le Soleil ne les
hafle & de peur de rebutter les ca-
reffes des Zephirs:chaque terroir eft
amoureux de quelque influence,
chaque plante mefme,chaque fueil-
le a quelque vét qui luy fait la cour.
On tient pour vne merueille qu'autrefois les rofeaux parlerent d'vn fecret qu'on leur auoit confié, & moy
ie trouue qu'il n'y a rien qui ne parle d'amour hormis Vranie.

VRANIE, Peu m'importe que tout
enparle,pourueu que rien ne foit capable de me perfuader.

AMARILLE, A la verité la raifon te
doit pluftoft perfuader que l'exemple.

VRANIE, Quelle raifon?

AMARILLE, Le merite de Thirſis,
le iugement de ſon choix, la conſtance de ſa recherche, les ſouhaits
publics, & le bon-heur qui naiſtra
de voſtre mariage.

VRANIE, Dy qui naiſtroit, non
pas qui naiſtra, & aprends que ie ne
connois point de fœlicité pareille à
ne ſe marier iamais.

AMARILLE, Qui a t'il de plus heureux que les Dieux, pourtant la pluſ-
part n'ont pas eſté de ton opinion?

VRANIE, C'eſt ſigne qu'ils n'ont
pas tout à fait oublié leurs premiers
defauts, ils ont eſté hómes, qu'ainſi ne ſoit, le Ciel qui eſt le vray ſejour de la fœlicité, ne produit point
d'autres cieux, meſmes les animaux
que Iupiter y a mis, y ſont deuenus
chaſtes, les aſtres ne font point leur
ſemblable, non plus que l'or, l'argent & les pierreries, qui ſont leurs

images parmi nous. Au reste toutes
les fois que tu allegues les mariages
des Dieux auec les Deesses, tu nous
remets deuant les yeux leurs ialou-
sies, leurs infidelitez, leurs querelles,
& les pertes de leurs enfans sujets à
la Parque, ce sont là des miseres &
des reproches que la chasteté n'a-
prehende point.

AMARILLE, Et où serois tu sans le
pere & la mere qui t'ont engendrée?

VRANIE, Belle demande où ie serois, & où est le bel esprit d'Vranie?
quel lieu faudroit-il à qui ne seroit
point?

AMARILLE, Doncques c'est le mariage qui t'a mise au monde, bien
que tu le mesprise tant.

VRANIE, Ie le tiens peu iudicieux
d'y auoir mis ses ennemis.

AMARILLE, Tu n'es pas receuable
à l'accuser apres luy auoir acquis vne

gloire infinie, c'est qu'il est par ta
naissance autheur d'vn chef d'œuure qui n'aura jamais son pareil.

VRANIE, Ma confidente m'a ca-
iolé.

AMARILLE, Le prends tu par là
changeons de propos; ayes pitié de
Thirsis, qui meurt d'amour pour
toy.

VRANIE, Pour moy c'est temps
perdu, il ne faut plus qu'il y songe,
mais qu'il garde cette affectió pour
vn autre, ou s'il m'en croit, pour luy
mesme, il a sujet de s'aymer.

AMARILLE, Ouy il en a sujet,
quand il ne seroit pas pour Berger
ce que tu es pour Bergere, sa passion, son respect, sa perseuerance luy
acquerroient tous les cœurs.

VRANIE, Ce sont là autant de thre-
sors qu'il neglige.

AMARILLE, Apelle tu les negliger

que de les quitter pour toy ? apres
tout c'eſt eſtre trop cruelle, penſe vn
peu à la punition de Daphnis, qui
fut changé en rocher pour auoit eſté
trop rigoureux à ſa Maiſtreſſe.

VRANIE, Sçais tu pourquoy il fut
changé en rocher ? c'eſt qu'il ne l'e-
ſtoit pas auparauant.

AMARILLE, Parlons ſerieuſement,
n'eſt il pas vray que la nature n'a formé Thirſis que pour faire voir l'i-
mage d'vn Berger accomply ? Mais
que dis tu de ſon horoſcope, qui
porte qu'il n'y aura rien de rare ny
de releué qui ne luy ſoit fauorable ?
Au ſurplus eſt il quelque Berger tát
ſoit peu bien né qui ne taſche de l'i-
miter afin d'eſtre parfaict, & qui ne
vueille eſtre parfait afin de luy plaire ? auſſi le ſuccez en eſt tel qu'encores qu'ils fuſſent d'eux meſmes de
fort honneſtes perſonnes, nous pou-

uons dire que son exemple a faict
d'eux ce que Iupiter fit de Celine,
c'est à dire autāt de diamants, maintenant il ne luy reste qu'à trouuer le
reuers de ce miracle ; c'est que d'vn
diamant qui te sert de cœur, il en fist
vn cœur humain. Au demeurant à
quoy péses tu lorsque tu refuses son
seruice ? s'il n'estoit pas ton seruiteur
il seroit ton esgal, veu sa condition.
VRANIE, I'ayme bien mieux qu'il
soit mon esgal, que s'il estoit mon
maistre : Car les hommes ne seruent les filles qu'en esperance de
leur commander.

AMARILLE, Vranie, en l'extremité
où il est il te demande la vie.

VRANIE, L'apparence qu'il me demande ce qu'il s'oste malgré moy,
si les espines auertissoient ceux qui
s'en approchent ils ne s'en picque-
roient pas, si les serpens crioient de
loin

loin auſſi bien qu'ils ſiflent ſourde-
ment,on n'en ſeroit pas mordu; ie le
prie de ne me point voir, ie le crie
quand il le fait & ie n'auance rien,
depuis noſtre enfance il m'appelle
ſa felicité,& ie ſuis ſa ruine.

AMARILLE, Au moins attendant
qu'il ſe gueriſſe permets luy d'eſperer?

VRANIE, Quel blaſpheme!

AMARILLE, En fin ſi pour t'aymer
il eſt par toy iugé coupable d'auoir
trop entrepris, exerce ſur luy vne
iuſtice qui te contente & qui l'oblige, tu peux accorder tous les deux
en le condamnant à mourir d'a-
mour, auec ce cõmandement qu'on
luy portera de ta part, il ſatisfera ſa
paſſiõ, & expiera le crime que tu luy
imputes; le mouchoir qu'elle ſe paſſe ſur le front ne luy ſert-il point à
eſſuier ſes larmes?

G

VRANIE, Il me sert à m'oster la sueur qui me venoit au visage, outre que i'ay besoin d'vn cachet qui tient à l'vn de ses nœuds.

AMARILLE, Est-ce pour seeler l'atrest de la mort de Thirsis?

VRANIE, Non, c'est pour t'imposer silence, c'est pourquoy ie te le mets sur les levres;ne m'en parle iamais plus.

SCENE TROISIESME.

HELENOR, ARISTEE, MENALQVE.

HELENOR, Graces aux Dieux & aux belles ames, Thirsis est loialemét serui de tous ses amis,il n'y en a pas vn qui ne luy soit dextremét officieux, ny qui iouë à l'infidelle.

ARISTEE, Au moins il est heureux
en amitié ; s'il est mal'heureux en
amour.

HELENOR, Ce qui me tourmente
le plus en la conduite de nostre en-
treprise, c'est cét esprit de Driope qui
est tousiours inuentif & captieux,
elle n'est propre qu'à embarasser &
procurer des desordres ; encore par
malheur Chorilas s'est ouuert à elle
de tout nostre dessein, croyant que
nous en tirerions quelque bon office, & Licandre l'a tellement prise en
affection, qu'on tient pour certain
qu'il luy a descouuert le sujet de son
voyage & les charmes qu'elle a pre-
parez. Vranie le sçauroit desia, n'e-
stoit l'assiduité d'Amarille, qui est
tousiours à ses costez, tout exprés
pour empescher que Driope ne l'en-
tretienne.

ARISTEE, Pour Vranie, c'est bien

faict d'auoir pourueu à ce qu'on ne
renforce point sa seuerité, qui n'est
que trop excessiue, neantmoins elle
n'est pas personne à escouter vne artificieuse, qui ne cherche qu'à signa-
ler ses meschancetez, i'en ay des rap-
ports, i'en ay des preuues qui m'o-
bligent (veu la charge que i'ay en
cette Prouince) d'auoir soin de l'en
bannir.

HELENOR, Ton authorité est legitime & ta puissance est grande,
mais nó pas pour empescher qu'elle
ne s'en vangeast tost ou tard ; Driope est coupable ; Driope est maligne, & Driope est femme, ce sont
trois poincts bien estranges. Ce se-
xe là est tousiours ou tresbó, ou tres-
meschant, toute sorte de mediocri-
té luy est inconnuë; par tout les ver-
tus & la gloire sont peintes en femmes ; à l'opposite qui tourmente les

damnez? ce ne font pas trois furieux,
ce font trois furies, encore eft-ce la
naiffance & non pas la libre volonté qui les rend telles, autremét l'Enfer mefme ne les fçauroit fouffrir.
MENALQVE, Mes amis vous voyés
vn homme qui a bien couru.
HELENOR, Et où eft Thirfis?
ARISTEE, Et où eft Hilas?
MENALQVE, Tous deux font de
retour, mais Thirfis eft couuert de
fon fang qui ne fort pas pourtant
d'vne bleffure mortelle, patience ie
vous diray tout. Au bruit courant,
que des paffagers emmenoient Hilas le Cheureul & les delices d'Vra-
ranie, Thirfis a mis en vfage les ai-
les d'amour, fa diligence aydée de
fa bonne veuë luy ont defcouuert à
l'inftant ceux qu'il cherchoit. C'é-
toit des Lapites qui venoient de
Peinde & s'en retournoient à Otris

auec leur capture, des qu'il a esté aupres d'eux, vous connoissez leur humeur, ils ont pris cét ordre, que l'vn
auec sa prise se tenoit vn peu à quar-
tier, le secód s'est mis en posture de se
defendre ; le troisiesme s'est vn peu
escarté afin d'estre loin des coups
pendant qu'il tascheroit d'arracher
vn chesne pour s'en escrimer au
besoin. Thirsis les a abordés ainsi,
Hola rédez ce Chevreul, ou rendez
la vie, vous n'auez qu'à choisir, il
est à Vranie & Thirsis le demande,
c'est tout dire. Pirithous vostre fon-
dateur a obei à mes ancestres, à plus
forte raison deuez vous obeir à leur
successeur , iamais nos peres n'em-
boucherent & ne dompterét mieux
les cheuaux que ie vous rangeray à
la raison si vous m'y obligez , encore que ie n'aye qu'vne houlette,
elle resemble au sceptre que Iupiter

porte, fon foudre monftrera fa vertu. Sur le refus, il lutte le premier &
le iette en l'air auec tant de fouplef-
fe qu'il luy démit vne efpaule : l'autre voyant l'accident de fon compagnon, darde vn rofeau volant, qui
entame legeremét le front de Thirfis. Sur ces entrefaictes voicy arri-
uer Carafque le Capitaine de ces
voleurs, qui reconnoiffant Thirfis à
fa mine & à fon courage, conforme
à fa reputation, s'efcrie à l'inftant,
Hippafe Hippafe, parlant à celuy qui
gardoit Hilas, tu en mourras teme-
raire & infolent que tu es, ce n'eft
pas aux enfans des nues à irriter les
enfans des Dieux. C'eft là infailliblement ce braue Thirfis de qui nous
adorons la renommée. Puis ioignát
la parole à l'effect il l'affomme d'vn
coup de maffuë, dont le reuers expe-
dia Bianor defia eftropié. Noftre

Berger qui couroit apres Hilas,
ne creut pas que la fureur de leur
chef en deuſt venir ſi auant, & eut
regret de n'y auoir pris garde. La cõ-
cluſion a eſté que pour marque d'a-
mitié iurée entr'eux deux, Caraſque ne prēdroit iamais pour ſa femme que celle que Thirſis luy baille-
roit, & que Thirſis ne ſe marieroit
point que Caraſque n'aſſiſtaſt à ſes
nopces. Amice a veu leur action &
entendu leurs propos auant que j'y
arriuaſſe, c'eſt de luy que ie m'en
ſuis informé : l'heureuſe iſſuë de cette auanture nous profitera, ou ie ſuis
bien trompé, pourueu que i'aye in-
ſtruit mon pupille, & que ie ſois le
premier qui le raconte à Vranie.
ARISTEE, L'heureuſe iſſuë de cette
auanture fournira vn expedient
pour nous debaraſſer à l'aduenir de
Driope.

MENALQVE, Allez vous conjoüir
auec le vainqueur, que vous entre-
tiendrez iufques à tát que ie luy porte fon appareil. Si faut-il que la va-
leur de ce ieune Berger terraffe encore fon defaftre, & que celle qui
luy faict efpandre fon fang condef-
cende à fa recompenfe, d'autre part
ie fuis en peine de m'y conduire: fi ie
dis à Vranie, ce que Thirfis a faict
pour elle, à ce nom là elle r'entrera
dans fa feuerité en partie par couftu-
me, en partie par bien-feance: fi ie dis
que c'eft vn autre, elle voudra le
connoiftre & luy en rendre grace;
Choififfons le meilleur, ce n'eft pas
le lieu de danger, ie m'auife d'vn expedient pour cela qui ne fera pas faf-
cheux; apres nous ferons la guerre
à l'œil & mefnagerons les occurren-
ces le mieux qu'il fe pourra.

SCENE QVATRIESME.

CORILAS, LICANDRE, SIREINE,
DRIOPE, ARISTEE.

CHORILAS, Licandre me fuit auec les preparatifs de l'enchantement, le voila qui arriue, c'eſt luy meſme.

LICANDRE, Thirſis m'a forcé de luy declarer dequoy ie me ſeruirois, pour taſcher de luy acquerir par le moyen de mon art les inclinations d'Vranie. I'ay donc tiré de ma pannetiere cette image de cire vierge & ces deux eſguilles, l'vne eſt frotée d'vn aimand magique, qui attire la perſonne aymée vers celle qui ayme, l'autre au contraire luy en laiſſe vne perpetuelle auerſion. En ſuit-

te ie luy en ay defcouuert la pratique, c'eft qu'il faut piquer la figure
moulée à l'endroit du cœur, afin que
la viuante en fente le contrecoup:
alors vous euffiez dit que i'allois
commettre des parricides & des fa-
crileges, tant il apprehendoit que ie
ne bleffaffe fa Maiftreffe; iufques à
ce que ie luy aye engagé ma vie que
la vertu de mon action dependoit
de fon confentement. Pour l'affeu-
rer dauantage ie luy ay dit que Menalque foit prefent lors que i'agiray,
& que Chorilas ne quitte point
Vranie de veuë, afin de nous venir
aduertir de pourfuiure ou de ceffer,
felon qu'elle s'en trouuera bien ou
mal; Cependant de crainte qu'elle
ne fe doute de quelque chofe voyât
aller & venir les vns & les autres,
Chorilas fi luy plaift luy dira que ie
trauaille à la compofition d'vn par-

fun dont les ingrediens sont autant
desplaisans que l'effet en est agreable, à cause que si on en brusle sa
vapeur chasse les importuns.

CHORILAS, l'aurois tort de l'ou-
blier.

SIREINE, On tient que c'est vne
maxime infaillible que ton art a
moins de pouuoir en presence des
incredules ; or ie confesse ma foi-
blesse, bien que ie sois d'vn pays où
l'on ne parle que des merueilles de
magie, i'aurois besoin d'estre vn peu
instruit là dessus. En deux mots tu
me peus resoudre, ie suis moins in-
credule qu'ignorant.

LICANDRE, Te souuient il de l'en-
treprise des Geans, lors qu'ils es-
chelerent les Cieux? Ce fut par nostre moyen. Sur la querelle de Iupiter & de Pluton, touchant la gran-
deur de leurs Empires, la magie

amie de Pluton & Deeſſe de noſtre
art, anima les Geans contre Iupiter.
Pour cét effet elle mit nos monta-
gnes les vnes ſur les autres, & porta
les Geans ſur la plus haute de toutes.
Ce fut alors que les Dieux eſpou-
uantez, & ſe croyans perdus s'enfui-
rent en Egypte, où depuis noſtre
meſtier a eſté en ſinguliere venera-
tion. En ce temps-là, ceſte Deeſſe
conuerſoit auec nos ayeuls de meſme qu'Aſtrée conuerſoit au com-
mencement auec les premiers hommes : peu à peu le meſpris & l'ignorance l'ont bannie tellement qu'elle
s'eſt contentée de nous laiſſer quelques ſecrets, toutesfois les ſçauants
de la profeſſion l'aperçoiuent quelquefois qui monte & deſcend le
long de cette pyramide que la nuict
pouſſe de la terre au Ciel. A peine
auois-je atteint la vingtieſme année

de mon exercice, la premiere fois
qu'elle m'apparut. De fortune ie
m'amusois à cueillir de la verueine
auec les ceremonies qui nous font
prescrites, lors que ie la veis toute
telle que nos maistres me l'auoient
depeinte, vn bruit sourd & frisson-
nant me faisant hausser la veuë, ie la
descouure qui estoit portée dans vn
Chariot traisné par des Orfrayes &
des Hibous volâts à l'enuers; quantité de Dragons & de Chauuesouris
l'entouroient, auec des siflements
qui espouuentoient mesme les tenebres, d'vne main elle tenoit des os
de mort, du bois de supplice, & du
fer de meurtre trempé dans le Stix,
dans l'autre de la pierre de foudre
quelque reste de licol, & des desbris
de l'orage. En passant elle cracha
sur certains endroits où nasquirent
aussi-tost des poisons & des venins,

de fon haleine fortoit la fterilité, la famine & la pefte. De maniere que ie failly à mourir de peur, neantmoins ie ne me repentiray iamais de l'auoir veuë:car elle m'apprift mille chofes qui vallent bien la peine de les retenir. Pour abreger ton inftruction,que veux tu Sireine que ie faffe tout à cette heure deuant toy? tu n'as qu'à fouhaitter.

DRIOPE, Comment la voyois tu de nuict?

LICANDRE, Pour cela il faut auoir les yeux d'u meftier.

DRIOPE, Et pour le croire il en faudroit auoir les oreilles.

LICANDRE, Veux tu que ie faffe defcendre d'Offa & de Pelion les Aunes & les Pins, & puis ie les feray danfer en rafe campagne?

DRIOPE, Les coups de hache les font defcendre tous les iours: & les

flots les font danser quand ils seruent de masts de Nauire.

LICANDRE, Veux tu que ie fasse
venir les tenebres en plein midy?

DRIOPE, Vne tonne, vn berceau,
vn bois fort espais feront tout le
mesme.

LICANDRE, Veux tu que ie fasse
marcher les ombres?

DRIOPE, Chacun faict marcher la
sienne, pourueu qu'il se pourmeine
au Soleil.

LICANDRE, Veux tu que ie fasse
reuenir les esprits?

DRIOPE, L'eau jettée sur le visage
n'y manque point.

LICANDRE, Veux tu que ie fasse
parler les rochers & les arbres?

DRIOPE, Thirsis le faict en y gra-
uant ses vers & auec tant de perfection que c'est vn vray miracle.

LICANDRE, Veux tu que ie fasse
soupirer

foupirer le marbre & reuiure les
morts?

SIREINE, Driope laiffe moy parler à mon tour. Licandre tu m'offres
de faire foupirer le marbre, ie l'accepte ; fais feulement que Vranie
foupire pour Thirfis? tu m'offres de
refufciter les morts? faits que Thirfis foit aymé d'Vranie ; apres ces
deux miracles là ie croiray tous les
autres.

LICANDRE, Commençons donc
à celebrer les myfteres: Sireine tiens
cette figure, Driope pren ces efguil-
les, vous me les rendrez quand ie les
demanderay. L'adiuration doit pre-
ceder l'inuocation, par l'adiuration
nous conjurons les Deitez malignes
de nous laiffer en repos ; par l'inuocation nous implorons l'affiftance
des bons Demons.

H

PREMIERE ADIVRATION.

*N*oir chaos, pasles Deesses,
Haines, enuies, tristesses,
Ennemies du iour,
Eloignez vous d'icy, faictes place à
l'amour.

SECONDE ADIVRATION.

Trois cent Dieux mal-faisans, trois pe-
stes, trois Bellonnes,
Trois gueules de Cerbere, & trois testes
aussi,
Trois Hecates, trois nuicts, trois Furies felonnes,
Tenez vous dans l'Enfer, ne venez
point icy.

TROISIES. ADIVRATION.

Appaisons Proserpine en la loüant,
Loüons-la en la redoutant;
Cent couleuvres formans un veni-
   meux ombrage,
Grouïlent sur l'affreux cuir de son som-
   bre visage
Toute pleine d'horreur, poil infect &
   baueux,
Qui faict tous ces cheueux

Fermez cette fosse, ostez ce serpent, ployez ce voile, descouurez
l'Autel, couronnez moy de laurier
& de palme, que ma baguette change de main, apportez la figure & les
esguilles, implorons à haute voix
les bons Demons.

INVOCATION.

Bon-heur preside à cét Augure,
Ce que ie fais fur la figure
Amour fais le fur le vray cœur,
Graue Thirfis dans celuy d'Vranie,
De fon efclaue il fera fon vainqueur,
Si iufques au trefpas tu leur tiens com-
-pagnie.

Perfonne n'eft il venu pour nous
aduertir de ce qui fe paffe?
STREINE, Perfonne.
LICANDRE, Tant mieux; im-
plorons pour la feconde fois.

Bon-heur preside à cét Augure,
Ce que ie fais fur la figure
Amour fais le fur le vray cœur, &c.

Mon efguille eft tombée.
DRIOPE, Là voyla.

Bon-heur preside a cét Augure,
Ce que ie fais fur la figure
Amour fais le fur le vray cœur,
Graue Thirsis dans celuy d'Vranie,
De fon efclaue il fera fon vainqueur
Si iufques au trefpas tu leur tiens com-
  pagnie.

CHORILAS, Arrefte Licandre, arrefte, Thirfis t'en coniure ? Vranie
vient d'auoir deux fortes d'accidéts
fort diffemblables. Le premier n'é-
ftoit qu'vn fommeil accompagné
de refueries fauorables à Thirfis,
qu'elle combatoit neantmoins en
s'accufant de changement & de foi-
bleffe. Le fecond a efté tout côtraire
au premier : car en s'efueillant elle a
fenti vne fi forte auerfion de fon
feruiteur, qu'elle nous a coniurez
d'aller effacer fon nom de tous les
endroits où il eft graué.

LICANDRE, Dieux ! qui nous a

trompez, il faut donc qu'à la feconde fois on nous ait changé l'efguille,
voyons: Ha! il n'eft que trop vray.

DRIOPE, Me ferois-je mefprife?

SIREINE, Point du tout.

LICANDRE, Afin que le mal ne paffe pas plus outre, mettons l'image
d'Vranie fur l'Autel, deffoubs les
pieds d'amour, à l'heure que ie te
parle tu trouueras qu'elle eft deli-
urée de fon emotion & remife en
fon premier eftat.

ARISTEE, Thirfis m'enuoye de-
uers toy pour te fupplier de luy rendre vne autre forte de bon office.
Vranie luy a deffendu abfolument
de fe rencontrer où elle fera, & il
prefere le trépas à la defobeyffance:
doncques afin qu'il euite d'en eftre
abfent ou de luy defplaire, accorde
luy la faueur qu'il te demande par
ma bouche, fais en forte qu'il la

voye toufiours en veillant de mefme qu'il la voit quelquefois en fonge ; la magie a bié peu de pouuoir fi
elle n'en a autât que le fommeil : ou
bié trouue moyen de ficher fó image en quelque lieu de la riuiere où il
la puiſſe contépler, fans eſtre diuerti.

LICANDRE, Ce defir eſt auſſi funeſte qu'il reſemble ſpecieux, comme les corps cherchent les corps, les
eſprits cherchent les eſprits. C'eſt
pourquoy nous croyós parmi nous
qu'vne ame ſe veut ſeparer du ſien
toutes les fois qu'elle s'emporte à
ſouhaiter des viſions. De fait elles
n'arriuent guere que de nuict, & la
nuict eſt mere de la mort, ou durant le fommeil qui en eſt frere, ou
dans le chagrin & la maladie qui
conduiſent au tombeau.

CHORILAS, Ainſi noſtre amy ne
ſera point ſecouru & nous reſterons

inconfolables. Hé! Licandre où en
fommes nous?

LICANDRE, Ariftée & Chorilas
rapportez luy que la fin couronne
l'œuure, pourueu qu'il fçache efpe-
rer. Sireine me veux tu iurer la foy
du fecret?

SIREINE, Si ie te la iure.

LICANDRE, Bouche vne oreille &
approche l'autre.

SIREINE, Il n'eft pas poffible, &
quelle cautió aurois-je de só retour?

LICANDRE, Tout ce que i'ay en ce
monde: car ie ne te quitteray point
que cela ne foit.

SIREINE, Et la mort eft-ce autre
chofe que la feparation de l'ame &
du corps?

LICANDRE, La mort rompt leur
lien & la magie l'alonge; il en eft de
mefme que de ces fifcelles qu'on attache aux pieds des oifeaux; ils n'ef-

chappét pas, bié qu'ils se promenent.

SIREINE, Non non, cela est impossible.

LICANDRE, Les termes de nostre
meſtier ſont hyperboliques, c'eſt
pourquoy ils t'eſtonnent. Vien
auec moy & ie te feray voir tout à
cette heure ſur mon ſeruiteur l'effet
de la plante dont nous auons beſoin, ſuy moy ſeulement.

CHOEVR.

Inquietude 1. ou mauuaiſe nuict.

POurquoy ne puis-ie repoſer?
Ne dois-ie pas t'en accuſer?
Reſpõs cruelle nuict, reſpõs ſombre furie,
I'y donne mon conſentement;
Si quelque Loy m'ordonne abſolument,
Ou cette inquietude, ou cette reſuerie.

Quand les Hiboux & les Corbeaux,
Sortant d'Enfer par les tombeaux,
Hauffent ton char volant faict de Iais
　　& d'Ebene,
Les ombres me font tour à tour
Iufqu'à tant que l'aurore, ait ramené le
　iour,
Ce que l'ombre d'Achille eſtoit à Poly-
　xene.

Si le iour m'apprend mes mal-heurs,
Tu m'en fais ſentir les douleurs,
Durant que nul objeĉt ne m'en ſçauroit
　diſtraire,
Mon eſprit a cela des Cieux,
Que lors qu'il eſt plus nuiĉt c'eſt lors
　qu'il a plus d'yeux,
Mais ce n'eſt que pour voir tout ce qui
　m'eſt contraire.

Qui ne ſçait compter les moments,
Ne ſçait pas compter mes tourments,

C'eſt toy cruelle nuict, c'eſt toy qui m'aſ-
   ſaſine,
Ie ne fais que m'inquieter;
Et pour le peu de temps que ie puis
   m'arreſter,
Ie ſuis ſur les charbons, ie ſuis ſur les eſpines.

Quel lieu regarde le Soleil
Où ne puiſſe entrer le ſommeil,
Excepté dans l'Enfer, excepté dans ma
   Chambre
Au meſme temps que chacun dort,
Ie fais ce que faiſoient, en attendant
   leur mort,
Les ſœurs de Phaëton lors qu'elles fai-
   ſoient l'ambre.

I'aurois contre moy la raiſon
Si ie faiſois comparaiſon   [ne:
Du lict où ie ſoupire, à celuy de Neptu-
Mais auſſi qu'il ne penſe pas

S'enfler de plus de flots, causer plus de
    trespas,
Qu'en verse dans mon sein ma mau-
    uaise fortune,

Tout ce que i'ay de sens rassis
Parmy tant de cuisants soucis,
Parmy tant d'amertumes & de poin-
    tes, & de rage,
Ne me sert que pour m'affliger,
Et si mon iugement me vouloit obliger,
Il abãdonneroit ma vie à mõ courage.

Ne suis-je pas infortuné?
Ie ne dors non plus qu'vn damné ;
O nuict! que t'ay-je fait que tu me veux
    defaire?
Doncques les Dieux auront permis
Qu'on traitte leurs enfans comme leurs
    ennemis,
Puis que ie suis priué d'vn bien si ne-
    cessaire.

Ny tes mignons, ny tes deuots
Ne confomment point tes pauots,
Dont la vertu s'efpand fur l'onde,
Ie meurs à force de veiller,
Il n'y a que moy feul qui puiffe fom-
    meiller,
Cependant que leur charme affoupit
    tout le monde.

Lors que les Titans furieux
Meirent en fuitte tous les Dieux,
La mer qui te cacha, fuft ditte la mer
    noire:
N'oublie iamais ce bien-faict,
Et rendant à chacun le plaifir qu'on te
    faict
Sçache que mon falut eft l'objet de ta
    gloire.

Que le deffein de t'adoucir,
Eft bien loing de te reuffir;
Implorer tõ fecours c'eft perdre fa priere

Qu'aurois tu d'establir de doux
Le chagrin de ton fils, l'Enfer de ton
    espoux,
Et que peux tu cherir hayssant la lu-
    miere?

Mais i'extrauague à tous propos,
Trop d'ennuis, trop peu de repos
Accablent ma raison tant de fois com-
    battuë,
O nuict pardonnez moy, ie me trompois
    bien fort,
Helas! ce n'est pas toy, c'est l'amour qui
    me tuë.

Si l'amour y mesle sa nuict,
Ce n'est pas celle qui conduit
Les heures du sommeil, les heures du
    silence;
Phantosmes ne confondez rien,
Le monde a son soleil, Vranie est le
    mien,

Qui m'oste mon vray iour en m'ostant
sa presence.

Amour pense à me secourir,
Mon souhait n'est pas de guarir,
Car blessé d'vn bel œil, ie veux estre
   incurable;
Ie te demande seulement,
Vn peu plus de repos, conserue mon
  tourment,
Trop heureux de pouuoir estre ainsi mi-
  serable.

ACTE QVATRIESME.

SCENE PREMIERE.

PHAON. YOLE.

PHAON, Yole rauy toy d'vne merueille que ie te diray, i'ay defcouuert vne Chapelle auffi petite que ta bouche & auffi animée; il y loge vn Deïté qui rend fes Oracles au milieu de deux rágs de perles, & d'vne ouale de corail. I'entends, dit elle, que mes fujettes ne fe frequentent qu'à heures reiglées, qu'il y ait quelque diftance entr'elles pendant leur conuerfation, & qu'au lieu des ieux de

main

main qui font caufe que l'on s'en-
tretouche, on recitera tantoft des
Hiftoires, & tantoft on propofera
des demandes propres à recréer &
entretenir l'efprit. Sur tout i'entéds
qu'elles ne fe laiffent pas feulement
aborder à l'ombre d'vn homme, fi
ce n'eft en cas de neceffité & en prefence de tefmoings fans reproche : à
quiconque y manquera i'ordonne
pour peine qu'elle aura foin de prendre garde à qui luy deura fucceder.
Ainfi refpondit Vranie à fes cheres
compagnes qui viennent de luy de-
ferer la qualité de Reyne, afin de viure fous fes loix durant qu'elles feront Bergeres.

YOLE, Et où eftois-je?

PHAON, A ton amy.

YOLE, I'eftois de cœur auec toy &
de corps auec Olympe; elle & moy
nous eftions allez au degaft des vio-

lettes, mille zephirs en mouroient
qui de chagrin, qui de ialousie. De
chagrin, les voyant cueillir, & de ialousie, les voyāt baiser, mais ie coup-
pe ton recit, acheue.

PHAON, Sur vn leger rapport
qu'Vranie s'estoit trouuée vn peu
mal, Dictine & Calirée l'ont esté vi-
siter, & ayans iugé que sa santé ne
luy laissoit point d'excuse, l'ont in-
uitée à la collation qui les attendoit
sous l'ormeau d'Admette. Apres la
collation ç'a esté à qui inuenteroit
de plus iolies choses à la loüange
d'Vranie, notamment pour exprimer
mer qu'elle est vnique en son espe-
ce: De fortune, Dorinde qui les
escoutoit à la faueur d'vn ar-
bousier assez voisin, les a portées à
tourner les paroles en effets: Voyez
vous, leur dit elle, cóme vn throsne
de gazons à vingt pas de nous au bas

de ce tertre? le deſſus paroiſt enrichi
d'opales fleuries, le deſſous eſt frágé
d'eſmail & de goutes de roſée, à cauſe desarbresqui en deffendét l'entrée
meſme au iour. Ie me figure que
c'eſt le ſiege où la fraiſcheur s'aſſied
lors qu'elle aſſemble ſes Nymphes
pour en eſtre adorée. Supplions ou
contraignons Vranie de s'y mettre
durant que nous luy preſenterons
nos ſerments de fidelité; le vray
moyen de reconnoiſtre qu'elle eſt
incomparable c'eſt de la créer noſtre ſouueraine & de luy voüer noſtre ſeruitude. A quoy reſues tu
Yole, tu te chaſſes de deuant le viſage des mouches qui n'y ſont pas.
YOLE, Ie chaſſe vne penſée qui
m'importune, c'eſt que ie doute ſi ie
deurois deſirer que tu n'euſſe point
receu ce plaiſir puis que ie n'y eſtois
pas en effet, ou s'il eſt mieux que tu

l'ayes eu, puis que i'y eſtois aucune-
ment en ta perſonne.

PHAON, Ie n'y ay ſenty qu'vne
partie du contentement à cauſe de
ton abſence, neantmoins puis que
i'y eſtois en partie tu y auois ta part,
& puis dis que l'amitié n'eſt pas vn
miracle, d'vne perſonne elle en fait
deux, en tãt que celle qui ayme donne ſa meilleure moitié à la perſonne
aymée, & de deux elle n'en faict
qu'vne, de la ſorte qu'elle les vnit
en vertu de cette diuiſion, de maniere que qui ſeroit entier ſeroit infidelle.

SCENE SECONDE.

VRANIE, PHILIS, PHILIDOR,
jeunes enfans.

VRANIE, Venez-ça Philis &
Philidor, qu'auez vous apris
par cœur auiourd'huy?
PH. I'ay apris, *mes yeux adorez vos.*
VRANIE, Et Philis que sçait elle?
PHIL. *A l'aide mes soupirs* ; & nous
les sçauons jusques au bout.
VRANIE, Pour recompense vous
aurez tantost ce que ie vous ay pro-
mis, pourueu que vous ayez retenu
vostre leçon de la Philosophie des
Bergers, que Mopse vous enseigne.
Philis, à quoy est-ce qu'on con-
noist de loin qu'il y aura de la pluye?
PH. Il se connoist à la pasleur de la

Lune, aux rengorgements des Cor-
neilles, aux feſtus volans, aux paſſa-
ges des Hirondelles qui raſent les
ondes, & aux filets gluants qui lui-
ſent deſſus les guerets. Ie gage que
mon ſeruiteur n'en dira pas tant ?

VRANIE, Il y va du point d'honneur, Philidor, ta Maiſtreſſe te défie,
dis moy, vne choſe qui eſt bonne
en peut elle ſignifier vne mauuaiſe?

PHILIDOR, Ouy quelquefois, ainſi l'abondance des violettes preſage
la contagion, ainſi la quantité des
Roſſignols predit la mortalité des
Preſtres, ainſi le chant du Cigne an-
nonce ſa fin.

PHILIS, Ainſi la trop viue ardeur
du Soleil, ou ſon leuer trop doré, de-
ſigne l'orage, ainſi le temps qui eſt
trop beau nous promet du changement.

VRANIE, Philidor elle te ſurmon-

te, il eſt vray que les filles & les femmes ayment à parler, ça que diras
tu encore?

PHILID. Ie n'ay pas donné de la
cheneuotte à mon Chardonneret.

VRANIE, En punition de ce qu'il
badine au lieu de ſe picquer du deſir
de s'inſtruire, Philis, ne luy permets
de plus d'vne heure d'icy de te baiſer
les mains.

PHILID. Et non ma Mignonne, ie
reciteray ſi bien les vers que Thirſis
compoſa hier pour ma Maiſtreſſe
& pour moy.

VRANIE, Quels vers ſont-ce, reci-
te les. PHILIDOR.

Il n'eſt rien tel qu'vne Maiſtreſſe,
Il n'eſt rien tel que la jeuneſſe,
Ha ! que cét aage eſt doux,
Si nous ſommes enfans Amour eſt com-
- me nous.

VRAN. Luy mefme te les a baillés?

PH. Luy mefme. Ha ! que cét aage
eft doux , fi nous fommes enfans
amour eft comme nous : Ma mignonne qu'eft-ce qu'amour?

VRANIE, C'eft vne folie.

PHILID. Thirfis n'en parleroit pas
fi s'en eftoit vne, qu'eft-ce donc?

VRANIE, Amour eft vn oyfeau.

PHILID. N'y auroit-il pas moyen
de l'attraper auec de la glu?

VRANIE, C'eft luy qui attrape les
autres, tous deux retenez bien cecy;
Amour eftoit vn iour deffus vn
pommier où il ne monftroit que les
aiffes. Pfaphon fe voulut meffer de
le prendre, & il en fut fi bien pris
qu'il en a pour toute fa vie. Pfaphon
eftoit alors le nom de Thirfis que
fon exemple nous face fages, l'Aigle defchire les Agneaux, les Mefan-
ges auallent les Abeilles, femblable-

ment amour eſt vn oyſeau de proye qui deuore iour & nuiⅽt le corps & l'ame des ieunes gens.

PHILID. Ma mignonne i'ay grand peur.

VRANIE, Et dequoy?

PH. I'ay peur de croiſtre, de peur d'aymer.

VRANIE, Ha! tu dis mieux que tu ne penſes, viendra poſſible le téps que tu pleureras à chaudes larmes la perte de l'enfance, ie rachepterois volontiers au prix de tout ce que i'ay en ce monde l'humeur & l'in-nocence où i'eſtois alors: pleût aux Dieux qu'il me fut encor bien-ſeant de m'imaginer que le bout de ma veuë eſt le bout du monde, & qu'il ne faut que monter deſſus vne colli-ne pour toucher aux eſtoilles: pleût à Dieu que ie fuſſe encore celle que i'eſtois lors que l'eau me ſembloit

contenir ce qu'elle repreſente, deuſ-
ſé-je craindre de rechef de tomber
dans le Ciel & ſur les nues : mais ces
enfans icy ſont-ils comme i'eſtois
en leur aage, venez ça, ne penſez
vous pas quelquefois que le Ciel eſt
dedans les ruiſſeaux ou le bord de la
riuiere?

P H. Et nous le voyons tous les
iours.

VRANIE, Durant que vous croy-
rez ainſi qu'il eſt ſoubs nos pieds,
vous n'aurez que plaiſir & que repos d'eſprit, ou plutoſt vous ſerez
ſemblables aux Dieux qui marchēt
ſur les Aſtres, dés que cela ne ſera
plus, la peine & l'affliction com-
menceront à vous ſaiſir.

PHILID. Mon Moineau s'eſt enuo-
lé de mon ſein, courons apres luy.

VRANIE, l'enuie la naïueté de ſon
inquietude plus qu'autre n'enuie-

roit les biens de la fortune, fuy-
moy, nous en aurons d'autres.

────────────────────────────

SCENE TROISIESME.

VRANIE, MENALQVE, THIRSIS
defguifé.

VRANIE, Menalque, ne fçau-
rois-je point qui a recouuert
mon Hilas ? il eft iufte que ie le remercie, on dit qu'il a rendu vn com-
bat fignalé pour cét effet, ce qui
m'oblige d'autant plus qu'il a hazardé fa vie pour l'amour de moy
fans qu'il me connuffe. C'eft donc la
raifon que ie luy tefmoigne qu'il n'a
pas ferui vne ingratte, & que fi ie ne
m'en puis reuencher, au moins ie
m'en puis reffentir.

MENALQVE, Ie n'ofois te l'amener

auec les enuelopes qu'il a fur le vifage à caufe de fa blefleure, joinct
que luy mefme ne le vouloit pas, fe
contentant de te voir fans en eftre
aperceu, c'eft pourquoy il s'eft tenu
caché derriere ces arbres attendant
ta venuë, mais puis que tu en ordonnes autrement, ie l'appelleray; Braue Berger (il nous a toufiours celé
fon nom & fon origine) braue Berger viens faire la reuerence à la Reyne des belles.

VRANIE, Mon Berger ne te mets
point en peine de me parler, tes bons
offices le font pour toy, ie me côfef-
fe ta redeuable & te proteste que la
publicatió en côferuera la memoire,
il me femble que ton nom deuroit
eftre auffi conneu & vanté que ton
courage, toutefois les prieres ne fót
pas des gefnes, ie foubfmets ma cu-
riofité à ta difcretion; Mais qui a eu

foing de luy? qui a penſé ſa playe?
MENALQVE, I'ay appreſté l'appareil, Thirſis n'a iamais permis que
autre que luy y mit la main. Au demeurant en ton abſence nous auons
pris ſur nous la charge de cette obligation, atteſtée par les preſens que
nous luy auons faits. Helenor luy a
donné vne gondole de racine de
lierre, où Alcidamas a graué les
amours des Nereides, on y voit autant de feux qui brulent dans l'eau.
Chorilas luy a apporté vne ſerpe hi-
ſtoriée des figures de Venus & de
Mars ſurpris enſemble, l'artifice en
eſt tel qu'on iugeroit que Venus
r'enuoye à Mars, Mars à Cupidon &
Cupidon au Soleil la neceſſité dé
rougir. Licandre luy a faict preſent
d'vn poignard enchanté où ſe liſent
ces mots, *le premier coup ſaune ſon*
maiſtre. Ie l'ay forcé d'accepter vne

houlette où i'ay releué en boſſe les
paſſions de Vulcain, qui auſſi bien
ne va iamais ſans baſton, Thirſis à
l'heure que nous en parlons cherche
auſſi le moyen de le laiſſer fort ſa-
tisfait.

VRANIE, Quel preſent luy feray-
je, moy à qui l'obligation proprement s'adreſſe?

MENALQVE, S'il eſt permis à ſon
conducteur d'eſtre ſon truchement,
ie penſe qu'il n'en veut point d'autre
que l'honneur de t'auoir ſeruie.

VRANIE, Menalque tire le à part
& regarde ce qui luy agreeroit dauantage de tout ce que ie luy puis
offrir.

MENALQVE, Sa reſponſe eſt, que
ce qu'il te demande s'entend ſans le
dire, & reſte à qui le donne.

VRANIE, Sans doute c'eſt le ſouuenir, de mon coſté il n'en peut

douter, du ſien i'en douterois ſi ie
ne taſchois de le meriter par quelque reconnoiſſance, interroge le
encore vn coup?

MENALQVE, Tout ce qu'il deſire
de toy c'eſt vn quart d'heure d'audience, il meurt d'enuie de t'entretenir de ſa condition, neantmoins
ſans ſe nommer, d'autant qu'il ne le
peut.

VRANIE, Ie voudrois que s'en fut
deſia fait, tant i'en ay d'impatience,
alors ie iugeray mieux de ce qu'il eſt
à propos de luy preſenter.

MENALQVE, Souffrirois-tu la
veuë de ſa bleſſure?

VRANIE, Il en ſouffre bien la douleur.

MENALQVE, Il ne reſte qu'à luy
défaire ces bandages.

VRANIE, Mais n'en receura il
point d'incommodité?

MENALQVE, Non pas à cét heure.
VRANIE, Ie les y osteray donc
moy-mesme, pleut à Dieu que ie
luy peusse rendre la guerison aussi
aisément que ie m'en vay luy rendre la veuë.

SCENE QVATRIESME.

VRANIE, THIRSIS, PHILIS,
ET PHILIDOR.

VRANIE, Quelle illusion!
quelle piperie! ma sœur il n'a-
uoit garde de nous dire son nom,
c'est Thirsis.
THIRSIS, Et pour estre Thirsis
t'ay-je moins seruie? Hilas est il
moins recouuert? enuoye le querir
tu trouueras que mon sang a rejally
sur ses mouchetures, où il esmaille

de

de rouge les marques noires &
blanches de fa peau. Au reste, ne te
trompe pas, ie ne fuis plus Thirfis,
maintenant ie fuis ce vray Prometée qui a voulu mal à propos prendre le feu du Ciel ; ton voile ordi-
nairement en cache les Aftres ; pour
l'Aigle, ie la fens ; pour le rocher, tu
le fçais.

VRANIE, Qui ferois-tu, ie ne fçaurois degenerer de mes anceftres,
Pirra & Deucalion repeuplerent
ce païs apres le Deluge, en iettant
derriere eux des pierres qu'ils chan-
geoient en des perfonnes de leur
fexe, c'eft de là que ie fuis defcen-
duë, c'eft pourquoy ie m'en fens.

THIRSIS, Cela feroit bon s'ils
euffent jetté des pierres de prix, &
fur tout des diamans, leur dureté le-
gitimeroit l'origine de la tienne.

VRANIE, Ils les euffent gardées au

K

lieu de les jetter. Mais ie m'amuſe icy cependant que l'on m'attend ailleurs.

THIRSIS, C'eſt à dire, que d'vn Prometée tu veux faire vn Siſiphe, qui courra apres ſon rocher ; car ſi tu t'en vas, il eſt tout certain que ie te ſuiuray.

VRANIE, Mal-gré moy tu me ſui-urois ? A cette heure ie commence à douter ſi tu és le meſme que na-gueres ie cognoiſſois. Qu'eſt deue-nu ce reſpect ? où eſt cette obeïſ-fance ?

THIRSIS, Le reſpect ny l'obeïſſan-ce ne me manqueront iamais , ce ſont des qualitez que ton merite rend neceſſaires, & mon humeur immuables. Quand on reſpecte ce qu'on eſtime, & que l'on obeït à ce qu'on aime, il n'en vient point de faute. Tu demandes où ſont mes de-

uoirs, ils font où tu les as mis; c'eſt
dans la meſme fermeté, & la meſme
perſeuerance, que tu ne ſçaurois
non plus ignorer que ſouffrir. Si
faut-il que ie te rende encore tout à
preſent vn ſeruice d'importance;
Amour eſt ſans comparaiſon beaucoup plus mal traité de toy, que iamais Apollon ne le fut de Marſie, ny
Venus d'Attalante : D'ailleurs, c'eſt
choſe inouye, que le meſpris des
Dieux ait eſté iamais impuny, prens
y garde, ie t'en aduertis, tu deſ-ho-
nores Amour par ta fuite.

VRANIE, Tout au rebours, ie l'honore par la crainte.

THIRSIS, Par ta propre confeſſion
tu le crains, & par la meſme tu te
condamnes. L'Automne n'eſt pas ſi
contraire aux feüilles, ny la glace au
fil des eaux, que la moindre appre-
henſion eſt contraire à l'Amour;

K ij

aussi n'a-il rien obmis de ce qui la
pouuoit preuenir. On craint les em-
busches couuertes, il monstre son
carquois & ses fleches ; on craint les
voleurs de nuict, les flambeaux es-
clairent ; on craint les importuns, il
a des aisles ; les filles redoutent les
hommes, il en quitte l'âge ; on apprehende d'estre veuë, il porte vn
bandeau ; outre que la fuite en est
inutile, car il blesse de loin ceux
qu'il ne brusle pas de pres.

VRANIE, A ton dire, ie suis en faute manquant de le connoistre ; c'est
tout vn, l'ignorance est la plus inno-
cente façon de sçauoir faillir.

THIRSIS, Les aduertissemens apportent de la lumiere.

VRANIE, Cela s'entend lors qu'ils
n'apportent point d'ombrage.

THIRSIS, Mais l'importance est,
qu'à mesure que tu offences Amour
il s'en venge.

VRANIE, Les vengeances sont fort supportables quand on ne les sent point.

THIRSIS, Par là tu conclurois tout aussi bien, que ce n'est pas vn grand mal d'estre rendu insensible: Helas ! tu le souffres, & les morts s'en plaignent. Ajax estant en vie, s'estoit plaint de ce qu'on luy auoit rauy les armes d'Achille ; en mourant il se plaignit de ce qu'il perdoit le sentiment, apres la raison & les plaintes qui luy en demeurerent dans la bouche restent sur ses feüilles.

VRANIE, Veritablement ie n'entends pas le langage des plantes ; c'est pourquoy ie ne puis iuger de ta traductió : mais puis que tu m'enuoyes à leur eschole, trouue bon que i'y profite. Ces anciens Heros qui n'ont plus, comme dit Helenor, que l'ame vegetatiue, m'apprennent par

K iij

leur fraiſcheur, & leur épanoüiſſe-
ment, la ſatisfaction qu'ils ont de
l'eſtat où ils ſe trouuent. De plus,
ils me font vne leçon digne d'eſtre
bien retenuë: C'eſt qu'il n'y a rien
de tel que d'auoir touſiours ſa fleur.

THIRSIS, Le temps ne la leur donne que pour leur oſter.

VRANIE, Il la peut oſter, puis qu'il
la peut rendre.

THIRSIS, Les fleurs promettent le
fruict; de meſme celle de la beauté
annoncent le Mariage.

VRANIE, Que gaignes-tu à m'entretenir de l'objet de mon auerſion;
eſt-ce que ie ne l'ay pas encore aſſez
forte?

THIRSIS, D'où vient vne auerſion
ſi peu raiſonnable? Sans ſortir du
diſcours où nous eſtions, le palmier
ſe marie à la palme, & leurs cimes
penchantes l'vne côtre l'autre nous

esclairciſſent de la verité de leurs
inclinations: Ce qui n'eſt plus capable d'autre paſſion, eſt capable d'a-
mitié; de maniere que tu te trouueras au deſſous de l'inſenſible. Au
reſte, ſi la palme faiſoit en cela quelque laſcheté, on ne l'employeroit
pas à couronner les victoires.

VRANIE, Elle publie celles d'autruy & non pas les ſiennes, viue
Daphné qui fait tous les deux, tant
qu'il y aura des lauriers & des yeux
au monde, on dira que c'eſt là le
trophée que cette Nymphe rem-
porta ſut le Dieu qu'elle a vaincu.

THIRSIS, Quelle en eſt bien punie,
elle ayma mieux mourir que de faire ſon ſemblable, & à cette heure
elle ne laiſſe pas de le produire apres
ſa mort, ſans que le meſme Dieu
qui la rend feconde luy en ſçache
gré. Depuis qu'elle eſt changée en

arbre elle en fait d'autres, est-ce estre
plus chaste qu'elle n'eust esté, si elle
eust eu des enfans lors qu'elle pouuoit estre mere, iugés en sainement?
VRANIE, Inhumain tu la persecu-
te apres le trespas, c'est bien loing
d'admirer sa vertu, & de reuerer ses
cendres qui ne pouuoient auoir vn
cercueil plus immortel, & tu la traites ainsi cependant que la foudre
l'espargne, n'osant toucher à vne
chose qui a resisté au Soleil.

THIRSIS, Heureux arbre & moy
mal'heureux, Vranie a de la tendres-
se pour toy qui n'es plus qu'vn tronc
& pour moy qui l'estime & l'ayme au delà de ce qui se peut dire, elle
est impitoyable. O ma peine perduë, ô mes recherches m'esprisées, ô
mon sort sans iustice, non content
d'estre sans bonté, falloit il tant de
ceremonies pour faire vn miserable;

Si Saturne à ma naiſſance a reſolu
de me perdre, pourquoy me laiſſoit
il viure, luy qui a deuoré ſes propres
enfans ? ſi l'infortune me pourſuit
que n'en vient il à bout vne fois
pour toutes, autrement ie ſuis plus le
ſien qu'il n'eſt le mien: car s'il m'afflige ie le dâne, veu que s'il eſt mon
ennemy ; il eſt auſſi mon Tantale,
puis qu'il s'affame de moy, ſans me
pouuoir engloutir. O cieux ennemis de mon contentement & de
mon repos, cét orage eſt imparfait,
il y manque vn deluge. Vos malignes influences m'arrouſent en me
penſant noyer. Aſtres qui verſez
ſur moy la rigueur & le chagrin,
verſes-y la rage & le deſeſpoir.
Lyon, fonds ſur cette proye; Ourſe,
viens m'étoufer. Scorpion, picque
ces veines. Sagitaire, tire à ce cœur.
Mercure, trenche cette teſte. Iupi-

ter, commande au tonnerre de me
mettre en poudre : si l'execution en
est cruelle, la promptitude de l'execution sera pleine de pitié. Mais
qu'est-ce que ie dis? Vranie me par-
donnera-elle cette extrauagance ?
Amour, ie ramene à tels Autels la
victime qui s'en estoit presque es-
chapée, fais moy vistement con-
sommer par le feu qui me brule, &
contrains la Deesse pour qui ie
m'immole de receuoir le sacrifice
qui luy est offert.

VRANIE, Thirsis, va me chercher
Thirsis, ie t'en prie, & si tu le retrou-
ues ne le quitte plus ; quoy? ce n'est
plus toy-mesme.

THIRSIS, Et posé que Thirsis se re-
trouuast, que luy dirois-tu ?

VRANIE, Qu'il a tort de se perdre.

THIRSIS, Ie me perds, c'est la verité : mais c'est apres vn bel exemple,

puis que c'eſt toy en effet qui pro-
cure ma perte. En fin i'en ſuis reduit
à ce point là, que ie n'ay plus de recours qu'à la derniere violence.

VRANIE, Nulle iuſtice ne te le permet.

THIRSIS, Il faut que ie mette fin à
mes maux.

VRANIE, Nulle iuſtice ne te le deffend.

THIRSIS, Au moins, Vranie, te ſou-
uiendras-tu combien ie t'ay hono-
rée durant que ie viuois.

VRANIE, Ou quitte ce diſcours, ou
ie quitteray la place.

THIRSIS, Mes yeux ne peuuét plus
fournir à voir tant de merueilles, ny
mon cœur à ſouffrir tant de flammes; ie me confeſſe vaincu, il me
faut mourir; cependant mes larmes
vont les premieres dans la terre pour
m'en monſtrer le chemin: de la ſorte

ie finiray ny plus ny moins que i'ay vefcu la premiere fois que ie te vids; Amour qui naiffoit en moy , fit comme Adonis , que fa naiffance expofa à la mercy des ondes : lors qu'il a efté plus formé il a fait com-me Leandre, en ce que mes regards n'alloient iamais à toy qu'en trauer-fant mes pleurs.

VRANIE, Souffre que ie t'inter-rompe, les larmes & les foupirs me toucheront (toutefois ie parle im-proprement, rien ne doit toucher vne perfonne chafte) ie veux dire qu'elles me cauferont de la compaf-fion, fi ie ne les foupçonnois de fu-percherie : c'eft pourquoy la dou-leur a tort de les prefter à d'autres paffions. Pour mon regard, ie m'i-magine que tu commences d'ar-roufer ta tige, que tu vas eftre auec les Narciffes, & les Hyacinthes.

THIRSIS, Si i'eſtois changé en fleur, à l'exemple de ces Bergers dont tu parles, porterois-tu pour l'amour de moy des bouquets de Thirſis?

VRANIE, Alors i'auiſerois.

THIRSIS, Dauantage, ne craindrois-tu pas de marcher deſſus moy, (ſinon par vn ſentimét de bonté, au moins de peur de te bleſſer) m'ayát veu ſi plein d'eſpines? ou dis qu'ouy, ou n'en dis mot ? Laiſſe m'en croire ce qui m'agrée ; tu peux cauſer ma ruine ſans la precipiter. Vranie, les ombres s'approchent, & me font voir d'où elles viennent, & où il faut que i'aille , donc pour l'amour d'Hilas, ſi ce n'eſt pour l'amour de moy, accorde la faueur que ie te demande, bien que ce ne fuſt contre ton intention, accorde la moy de bouche, afin qu'vn faux eſpoir m'allege au lieu du veritable ; en pro-

mettant fans tenir tu ne t'engageras
pas. Vn mot à l'oreille ; ie reſſemble
à l'Echo , qui rend la parole qu'il
a receuë.

VRANIE, Et moy, ie reſſemble à
l'Echo, qui ne reſpond pas ſi on ne
parle fort haut.

THIRSIS, Donne-moy quelque
choſe pour teſmoigner que tu agrée
mon ſeruice, ou mon treſpas.

VRANIE, Ie ne donnay iamais rien.

THIRSIS, Si eſt-ce qu'en me donnant la mort, tu me donnes quelque choſe : il eſt vray que c'eſt m'en
donner vne qui me les oſte toutes ;
eſt-ce tant qu'vn baiſer ?

VRANIE, Vn baiſer, me cognois-tu
bien ? ſçais-tu bien qui ie ſuis ?

THIRSIS, Vne merueille ſi excellente, que rien ne luy eſt ſemblable.
En vn mot, tu es tres-belle, & tres-
chaſte, à quoy ma demande ne re-

pugne nullement. Sans preiudice de
leur pureté, combien est-ce que Zephir baise de lys & de roses?

VRANIE, Aussi void-on à leur
mouuement qu'elles s'en esloignent
de tout leur pouuoir.

THIRSIS, Parlons de toy, s'il y auoit
du mal, souffrirois-tu que tes levres
se baisassent incessamment?

VRANIE, Plustost la mort qu'vn
baiser.

THIRSIS, La mort n'est pas ton fait,
c'est le mien; elle gaste les belles, &
deliure les miserables; la nature ne
t'a point comblée de tant de perfections pour te destruire : A l'opposite, mon desastre ne me traite point
de sorte, que ie le puisse plus souffrir;
iusques icy ie t'ay predit la fin de
mes mal-heurs, il est temps que ie la
trouue. N'ayant desormais à endu-
rer que le moindre de mes maux, ie

n'auray que trop de conſtance ; ce
paſſage n'eſt pas ſi faſcheux que l'on
s'imagine, l'obligation de le ſubir
s'oppoſe à la couſtume de le craindre, ce n'eſt qu'obeir au deſtin, &
ſortir de peine : & pour moy qui te
parle, c'eſt tout vn que mourir, & te
dire Adieu.

V R A N I E, O Ciel fay ton deuoir,
i'ay faict le mien, ie ne me repens
point d'auoir hazardé Thirſis au deſeſpoir, pourueu que tu l'en ſauues,
autrement tu commets vn homici-
de d'autant plus deteſtable que pour
le commettre tu t'es ſerui des mains
de la vertu.

SCENE

SCENE QVATRIESME.

CHORILAS.

OV bien Amour n'eſt point
aueugle, ou bien ſon aueugle-
ment void. Menalque ſe doute que
Sireine luy enuie les bonnes graces
d'Amarille, Driope ſoubçonne Licandre de s'eſtre rauiſé. Yole a ialouſie de Cibelle, pource que Phaon
l'eſtime, il n'y a pas encore vne heure que Thirſis me proteſtoit de ne ſe
fier ny aux Deuins ny aux enchan-
teurs qui luy promettent Vranie.
En effet les coniectures des Amants,
& de ces Amants là, valent mieux
que nos connoiſſances. Pauure Berger, pauure Thirſis, à quoy te pour-
ras tu reſoudre parmy tant d'infor-

L

tunes? vid on iamais plus de rigueur
en vouloir à plus de vertu, ton mal-
heur est ambitieux ie l'auoüe, puis
qu'il s'obstine à esgaler ton merite.
Cher amy ie te plains, & ie me
plains moy mesme, de ce que ie suis
plus propre à te plaindre qu'à te secourir. O sort par trop rigoureux!
ô inhumaine Bergere! que vous aués
peu de courage de le côbattre tous
deux à la fois, attaqués-le separé-
ment & ie parie pour sa gloire; si la
cruauté de sa Maistresse est toute
seule contre luy il l'emportera par sa
perseuerance; si la rigueur du sort est
toute seule à l'assaillir, il en triom-
phera par le moyen de celle qui le
peut rendre heureux : mais de dom-
pter en mesme temps deux ennemis
si puissants, c'est ce qu'Hercule mesme n'eut pas entrepris : la nature ne
nous a dóné qu'vn cœur, presuppo-

fant que nous n'aurions chafque fois
qu'vn aduerfaire, le courage de
Thirfis luy en donne vn qui en vaut
mille, mais la rage de la cruauté n'en
fçauroit bleffer qu'vn de tous ceux-
là. Ha! cruelle Vranie, fi ce parfaiĉt
Berger qui meurt pour toy, te trouue indifferente pour luy, au moins
péfe à tes auātages, ils ne veulent pas
que ta tyrannie foit auffi grande
que ta beauté : mais quel prodige
eft-cecy, quel nouueau changemét
fe gliffe ie ne fçay comment dans
mon ame, cependant que i'accufe
Vranie elle me plaift, le pis eft qu'elle
me plaift pour le mefme fujet pour
lequel i'ay raifon de l'accufer, pen-
fons à cecy, defloyale penfée, trai-
ftre fentiment ie vous prends fur le
faiĉt, il faut que ie le defcouure,
vous me dites que la cruauté qu'elle
a pour Thirfis me pourroit eftre fa-

uorable, par confequent vous pre-
tendez que ie luy fauffe la foy que ie
luy ay promife & gardée iufques à
prefent ; à caufe que vous eftes dedans moy vous penfez eftre à couuert, comme fi ie n'y vois pas où ie
fuis dauantage, vous vous figurez
eftre libres où vous n'eftes que comme vn criminel & dans fa prifon ;
pauure Berger, pauure Thirfis, n'es
tu pas affez abandonné de la fortune fans que tes amis s'en meflent ?

SCENE CINQVIESME.

THIRSIS ET CHORILAS.

THIRSIS, Pourquoy m'ap-
pelles-tu ?

CHORILAS, Pour t'aduertir qu'on
eftoit tout maintenant fur le point

de te trahir, deuine qui c'eſt ?

THIRSIS, C'eſt Driope.

CHORILAS, Non eſt, Driope eſt
mal faiſante, maligne, broüillonne,
chacun la connoiſt pour telle, mais
la perſonne dont il s'agit, a touſiours
eſté courtoiſe & officieuſe, chacun
en tombera d'accord.

THIRSIS, Seroit-ce Amarille ?

CHORILAS, Moins encore, Amarille a touſiours vn extreme ſoin
de ton contentement, d'autāt qu'elle connoiſt que le bien d'Vranie &
le ſien auſſi y ſont attachez : au reſte
pour t'eſpargner vne moitié de la
peine, ie t'aſſeure que ce n'eſt ny fille ny femme, & imagine toy que
c'eſt celuy de tout le monde dont tu
t'auiſerois le moins.

THIRSIS, Iamais ie ne m'auiſerois
d'acuſer ny le petit Philidor ny le
ieune Phaon.

CHORILAS, Aussi ne faut il pas,
Phaon est trop amoureux, Philidor
est trop enfant pour songer à nuire.
THIRSIS, Helenor n'a point ce
me semble d'interest qui me cho-
que, & Menalque n'en a point d'autres que les miens, de maniere qu'il
n'y a point d'apparence que ce soub-
çon les regarde.

CHORILAS, Il ne se peut mieux
dire.

THIRSIS, Aronte est d'aage &
d'humeur à ne péser qu'au mesnage.
CHORILAS, C'est fort bien iugé.
THIRSIS, Ha! ie me doute bien que
c'est, ce n'est autre que Licandre, le
venim de Driope qui ne le quitte
plus du tout, sera venu iusques à luy.
CHORILAS, Nullement, Licandre
t'a serui en homme de bien, au reste
l'amitié de luy & de Driope fera
bien tost parler de leur diuision.

THIRSIS, Ce n'est pas Licandre, doncques c'est Sireine en effet, où auois-je l'esprit?

CHORILAS, De tout auiourd'huy ie n'ay veu Sireine, & le Berger dont il s'agit m'a communiqué la pensée qui luy en venoit ; de plus ce n'est point le Satyre, il est trop brutal, ny le Paysan, il est trop grossier, deuine à cét heure, il est bien aisé ?

THIRSIS, Tout au contraire c'est à cét heure qu'il est impossible que ie deuine: car il ne reste que nous deux à nommer si ma memoire ne me trompe.

CHORILAS, Or sus elle ne te trompe point ; mais fais donc comme elle, ne te trompe pas aussi.

THIRSIS, Patiéce ie cómence d'ouurir les yeux, sans doute tu veux dire que ie me trahis moy-mesme; en tát que ie me liure à des passions dont

L iiij

tu penfes que ie me deuroisaffran-
chir.

CHORILAS, Que Thirfis eft bon,
de ne croire pas qu'apres ceux qu'il a
nommez, il n'y a plus que luy qu'il
puiffe charger de ce crime; cette
bonté rend bien plus coupable celuy qui l'eft en effet; pour encore tu
n'as pas deuiné; mais tu en appro-
ches. Celuy-là a toufiours efté le
plus grand de tes amys, & le plus
dans ta confiance. D'auantage, il ne
m'a point quitté d'auiourd'huy, &
tu l'as veu auec moy trois ou quatre fois, les yeux font faits pour y
voir, que ne t'en fers tu?

THIRSIS, Celuy-là eft içy?

CHORILAS, Il y eft.

THIRSIS, Il fe cache donc.

CHORILAS, S'il fe cache, c'eft à force de fe découurir; ne t'amufe plus
à le chercher fi loin, il eft fi pres de

toy; en vn mot, c'eſt l'vn de nous
deux, le remors m'empeſche de le
taire, & la honte m'empeſche de le
declarer autrement que cela.

THIRSIS, Par conſequent c'eſt
moy, ne te l'auois-ie pas bien dit ? ſe-
lon toy ie me ruine, & ie me pers, à
cauſe que ie ne renonce pas à l'a-
mour que i'ay pour Vranie; c'eſt là
ton opinion, mais c'eſt temps perdu.

CHORILAS, Encore vn coup, c'eſt
l'vn de nous deux, & ſi ce n'eſt pas
toy, l'amitié a vn bandeau auſſi bien
que l'Amour, autrement tu n'atten-
drois pas que ie te diſſe que c'eſt
moy: mais i'auois reſolu d'en faire
iuſtice, c'eſt pourquoy ie me punis
en te le deſcouurant; C'eſt Chorilas, c'eſt moy.

THIRSIS, Puis que c'eſt toy, c'eſt
bien Chorilas: mais ſi ce n'eſtoit que
Chorilas, ce nom là pouuant ſeruir

à quelque autre, ie ne conclurois
pas que ce fust toy. Neantmoins
afin que tu ne penses pas m'auoir
esbranlé de la ferme creance que
i'ay de ta probité, & de ta franchise,
ie crois que si tu m'as trahy, ç'a esté
pour mon bien, possible sur le de-
sespoir de pouuoir iamais rien gaigner sur l'humeur d'Vranie, tu l'auras coniurée de me traitter en homme qui n'y doit plus penser, & c'est
ce que tu appelle m'estre infidelle,
à cause que ma priere, & ta promes-
se, y semblent contredire.

CHORILAS, Rien moins que cela:
Qu'ainsi ne soit, vn peu deuant que
tu arriuasses, ie discourois à part
moy sur la rigueur d'Vranie. A ce
propos il m'est venu vne imagination, que la seuerité qu'elle a pour
toy me pourroit vn iour estre vtile,
& i'ay senty que mon cœur suiuoit

mon imagination: à l'inftant ie me
fuis pris à crier de l'horreur que i'a-
uois de cette perfidie; tu es arriué là
deffus. Au moins ne te fie plus en
moy apres que ie fuis tombé en cette faute, & que moy-mefme ie ne
m'y fie plus que de bonne façon.
THIRSIS, Apres ce crime, que ie te
tuë, i'entends à force d'embraffe-
mens. Quelle nouuelle obligation
ne t'ay-ie point de me traiter de la
forte?ne pouuoir pas feulemét fouffrir vne penfée qui m'offençáft,c'eft
vne marque affeurée que ie fuis autant en ta memoire, que tu és dans
la mienne; puis que tu ne veux pas
qu'Vranie foit à toy dans ton efprit,
où toutes femblent eftre également
à nous. C'eft vne preuue infaillible
de la pureté de ton ame, & de ton
amitié, auffi il ne fera iour de ma vie
que ie ne m'en fouuienne: Ce n'eft

pas que ie te promette beaucoup,
veu qu'il m'en reſte fort peu. Or va
t'en raconter à nos amys ce que tu
m'as deſcouuert, durant que ie re-
poſeray à l'ombre de ce Plane, ou
dedans cét antre, apres que ie t'auray
remercié de tous les bons offices
que tu m'as rendu iuſques à preſent,
le Soleil qui ſe va coucher m'en
donne l'exemple.

CHORILAS, Le Ciel n'a pas cette
couſtume, que deux Soleils ſe cou-
chent à la fois, cela ſera bon lors
qu'Hymenée mettra dans vn meſme lict Thirſis, & Vranie.

THIRSIS, Prends garde à ne pas re-
nouueller mes douleurs: Si tu ſça-
uois les dernieres paroles qu'elle ma
tenuë?

LE PAÏSAN, Le gouſté vous attend, Philire le vous a preparé; on
dit que les Geans portoient des mó-

tagnes, elle vous en a apportée vne
de fraise : i'y adiouste vn plat de
mon mestier; c'est vn bassin de con-
fitures que ie gardois au cabinet de
mes abeilles: Y ole sera de la partie.
CHORILAS, Va luy dire que nous y
allons.
THIRSIS, Tu m'y attendras donc.
CHORILAS, Non, ie t'y meneray,
marchons ensemble.

CHOEVR.

A L'aide, mes soûpirs, Amour
m'oste la vie,
Ses efforts monstrent son enuie,
Hastez-vous de me secourir:
Mais quoy? plus ie soûpire,
Plus i'accrois mon martyre,
En donnant air au feu dont il me fait
mourir.

Quoy? vous me trahissez, ô soupirs
    infidelles !
Mes ardeurs vous trouuent pour elles,
Vous qui n'estes faits que pour moy,
Et mon cœur, ô perfides !
Vous voit ses parricides
Alors qu'il vous oblige à monstrer plus
    de foy.

Accourez donc mes pleurs pour étein-
    dre ma flâme,
Qui fait iour & nuict dans mon ame
Ce douloureux embrasement :
Mais vostre eau se r'alume
Auec cette amertume,
Dont la mere d'Amour prit son com-
    mencement.

Puis donc que tout m'afflige, & rien
    ne me console,
Auant que perdre la parole,
Prouoque l'Amour & la Mort,

L'Amour afin qu'il voye,
La Mort afin qu'elle oye
L'estat où m'a reduit la rage de mon
    sort.

Encore que suiuant leurs rigueurs
    nompareilles,
La Mort se bouche les oreilles,
Et l'Amour se bande les yeux;
Ie sçais que ma rebelle
Est cent fois plus cruelle
Que l'Amour & la Mort les plus
    cruels des Dieux.

Toutesfois i'ay menty, la peine que
    i'endure
Encore qu'elle me soit dure
I'en resteray trop satisfait,
Si ma belle Vranie,
Quoy qu'elle me dénie
Agrée seulement le mal qu'elle me fait.

ACTE CINQVIÈME.

SCENE PREMIERE.

PHAON ET MENALQVE.

INTERMEDE.

PHAON, Ne connois tu point Enone la fille d'Aronte, elle est iolie, elle est vnique, il ne tiendroit qu'à toy de l'emporter à la preference de qui que ce soit, veux tu que i'en parle? la beauté de cette Bergere & les escus du vieillard qui n'attend plus pour mourir qu'vn gendre & qu'vn heritier, meritent qu'on y pense.

MENALQVE.

MENAL. Depuis la mort de Siluie qui fut apres noftre Reine, l'honneur de nos champs & de nos boca-
ges, ie n'ay plus eu deuant les yeux
que fon image & fon tõbeau : comme elle emporta mõ cœur en mourant, elle emporta quant & quant
toutes les inclinations dont i'eftois
capable, & le ferment que ie luy fis
de n'en aymer iamais d'autre né
fouffre pas qu'on me propofe vn fecond party : doncques à l'aduenir tu
te fouuiendras que les deux chofes
du monde qui font les plus puiffan-
tes, y contrarient, puis que c'eft le
deftin, & ma foy.

PHAON, Comment refifteras tu
aux remonftrances de tes parens, qui
employeront contre toy les confi-
derations de ton merite & de ton
aage ? tes amis n'ont garde d'y con-
fentir & Thirfis.

M

MENALQVE, Silence iufques à ce
qu'il foit temps de fe declarer; fi toft
que i'auray rendu mon cher pupille
entre les mains des fiens, foubs pretexte d'vn voyage, ieviendray acheuer mes iours en ces lieux, là mille
& mille fois l'année les deferts m'en-
tendront redire le nom de Siluie,
Echo & moy l'appellerons l'vn à
l'enui de l'autre, j'iray reuifiter les
endroits qu'elle frequentoit, j'iray
retracer fes pas fur les fablons facrez
qui en conferuent les veftiges, bien
qu'il ne me refte d'elle que le crayó
& la forme que i'en ay dans la penfée, c'eft l'vnique objet dót ie m'en-
tretiendray, la nuict elle fera mon
aftre amoureux, & moy ie feray fon
Endimion, le matin elle fera mon
Aurore, & ie feray fon Cephale, le
long de la iournée ie luy donneray
les noms d'autant de Deeffes qu'il

y aura d'heures. Et afin de mieux
maintenir la vehemence & la fidelité de ma paſſion, ie me voüe dés à
preſent à la ſolitude, & en ſuitte à la
vie champeſtre, où d'ailleurs il y a
tout plein de ſatisfaction pour vne
ame tant ſoit peu raiſonnable. Si le
repos de l'eſprit eſt à deſirer, hors de
là il eſt impoſſible d'en auoir ſeulement l'eſperance, ſi l'innocence
plaiſt, elle s'y trouue en vn haut de
gré, on n'y adore que les Dieux, on
ne prie que le Ciel, & les beautez
ſans plus y reçoiuent des flatteries,
nulle ſeruitude n'aborde, où nulle
ambition ne la feint. Pour toute
violéce on ne foule que l'herbe, on
n'eſcorche que la plaine, pour toute ſupercherie on ne trompe que les
oyſeaux & les poiſſons, il ne s'y parle
d'effuſion de ſang que lors qu'on
parle des ſacrifices, à quoy tend tout

M ij

le foin qu'on a des troupeaux. Auſſi
rien n'y ſoupire que les vents, rien
n'y murmure que les ruiſſeaux ; rien
ne ſe plaint que la Tourterelle & le
Roſſignol, bref rien ne pleure que
les nuës. Conſiderez la ſimplicité
de ces bonnes gens; eſt-il poſſible de
les voir, & de croire que la naïfueté
ſoit encore vierge ? & qui donc les
auoit mis en ce monde ? toutes leurs
inuentions vont au profit du gene-
ral & du particulier, nõ pas à la meſchanceté & au preiudice d'autruy,
meſmes leurs choleres & leurs menaces ne ſont pas moins ſans malice
que l'arc-en-ciel eſt ſans fleches.
Mais ce n'eſt pas de merueille que
les perſonnes y ſoient fort bonnes,
elles ont de qui tenir, aux champs
tout eſt obligeant, tout eſt bien-fai-
ſant, le Prin-temps y rit, l'Eſté rem-
plit les greniers, & l'Automne les

eaues , l'Hyuer renfermé dans la
terre la chaleur neceffaire aux pro-
ductions , l'air eft vague & les eaux
courent ; c'eft pourquoy ils n'ont
garde de caufer des maladies. Et foit
que la Deeffe Iris parfume les plantes , foit que Zephir fente les rofes
qu'il a baifées , ou que l'aubefne, le
tillieu & la vigne foient en fleur, des
quatre faifons de l'année cela muf-
que les trois, & les odeurs naturelles
font fort faines. Dauantage, les influences celeftes y tombent toutes
pures , & les rayons du Soleil y arriuent auant qu'eftre miſſionnés de
mauuaifes vapeurs , les aliments fe
prennent de ce qui fe cueille ou s'a-
maffe, ſás iamais toucher à ce qu'on
tuë, & au lieu qu'ailleurs on fe nour-
rit de meurtre & de carnages, les
plus fumptueux feftins font de laict
& de miel, qui aprennent & impri-

ment la douceur de la vie. Aussi de
peur que l'instruction & l'exemple
de l'innocence ne manquât aux
païsans, qui n'ont presque autre liure que la terre, Nature a voulu qu'à
chasque Prin-temps la plus part des
choses vinssent à renaistre afin que
leur enfance renouuelée en fit des
leçons.

PHAON, Tes paroles s'enchaisnent
si bien & auec tant d'art, que moy-
mesme en les escoutât ie ne suis plus
libre, mais cette innocence que tu
vantes tant, ne dit on pas que c'est
la vertu de ceux qui ne sçauét rien?
MENALQVE, Au contraire, c'est la
vertu de ceux qui sçauent ne pas
mal faire, à quoy les plus habiles ont
peine de paruenir, joint que ce n'est
pas la seule qui se pratique icy. Icy
la Prudence est dans le vray ordre,
qui consiste à suiure le Ciel & le

Temps, icy la Iuſtice n'a que la ba-
lance, afin de peſer le trafic qui s'y
exerce, l'eſpée luy eſt ſuperfluë, il n'y
faut rien punir. Icy la Temperance
eſt telle que ſon contraire n'y eſt pas
ſeulement connu, c'eſt pourquoy
la chaſteté eſt la Deeſſe tutelaire des
familles. Les femmes ne deſ-appren-
nent iamais à rougir, les filles ne
hauſſent la veuë que pour prier les
Dieux, ou pour deuiner l'heure à la
ſituation des Aſtres. Icy la Force eſt
égalemēt naturelle & acquiſe, & les
champs qui font des ſoldats ne font
point de fanfarons. La ſobrieté rend
diſpoſt, le trauail renforce, les Re-
nards & les Loups aguerriſſent,
quels luitteurs allans à leur exercice
ſe deſpoüillent & ſe raſent mieux
que nos bois, ayants à ſouſtenir les
attaques de l'Hyuer ? l'importance
eſt que durant que les Bergers & les

laboureurs trauaillent le corps qui
eſt materiel & groſſier, ils eſpargnét
l'eſprit dont la nature eſt delicate.
Apres, eſt il queſtion des plaiſirs
honneſtes, ſi la conuerſation fleurie
agrée à quelqu'vn, pourueu qu'il
ne ſoit pas du tout ignorant, elle ne
luy manque non plus que les prez
& les jardins, teſmoings les Hyacin-
tes, les Acis, les Narciſſes, les Adonis, les Leandres. Si on ayme l'Hi-
ſtoire recreatiue, il y en a des Biblio-
theques de meſme eſtenduë que
tout l'Orizon, qui contient autant
de Romans que d'animaux & de
plantes. I'admire ſouuent Galantis
acourcie en belette, Daphné alon-
gée en laurier, Aglaure durcie en
pierre, Eſculape rempant en ſerpent,
Echo voutée en cauerne. Si l'artifice exempt d'illuſion & de piperie n'eſt pas ſans attraits, ſou-

uiens-toy de la maison de Charite, C'eſt Be-
que nous viſmes n'agueres : n'eſt- leſbat.
il pas iuſte d'auoüer que la veuë en
deffie la deſcription, que d'allées li-
quides, que de viues fontaines où l'e-
loquence ſeroit en danger de ſe
noyer: le moyen de repreſenter celle de Neptune, dont le trident & les
Tritós fourniroient vne petite mer,
s'il s'en pouuoit faire vne qui fût
douce. Et quoy? celle du Ród d'eau,
où vne Reyne d'Egypte rend par les
pointes de ſa couronne les larmes
que ſon infortune ne pût tirer de ſes
yeux. Celle du parterre eſt nompa-
reille, les jetées d'eau qu'elle pouſſe
de tous les bords du baſſin vers le
milieu venans à ſe rencontrer, ſe
froiſſent tellement qu'on iureroit
qu'il y pleut de la pouſſiere. Ie crois
que les Naïades ſont bien eſtonnées
voyans que leur Element contre ſa

couſtume & ſa liberté, ſe reueſt de
certaines figures, & que leur demeure eſt auſſi dorée que le char du
Soleil. Qu'eſt-ce que ce quarré ſpa-
tieux d'où part vne grande ſource
qui verſe vne riuiere par quatre ri-
golées ? qu'eſt-ce que ce boüillon
de criſtal qui ſort du ſein de la ver-
dure & de l'azur ? pour le fonds i'en
reconnois la matiere, c'eſt vne herbe de couleur d'argent, c'eſt ceſte
Nymphe que ſon auarice changea
en la plâte de ſon nom, & qui croiſt
touſiours où elle eſpere d'eſtancher
ſa ſoif. Pour finir ce propos quelque
vanité que ſe donnent les villes, c'eſt
des champs que ſont venus les Rois
& les Dieux, vn ſimple Berger cou-
ché ſur la terre égale la hauteur de
mille Princes qui ne ſont plus que
de l'herbe. Quel plat fonds de Palais
Royal vaut celuy de l'Vniuers? quel

arc-en-ciel s'eſt iamais formé dans
les cabinets des Dames ? quelle
Nymphe ſe daigneroit baigner dás
leur cuue d'argent, & les traitter de
Diane? Orphée à ce qu'on tient atti-
ra iadis les foreſts, ſi cela eſt vray, ce
n'eſtoit que leur rendre la pareille;
Car la tranquilité de leur ſejour l'y
auoit attiré le premier. Ce fut là
qu'il deuint vn ſi grand homme,
& qu'il eut eſté trop heureux auec
les ſciences qu'il y apprit, s'il eut eu
le iugement de s'en contenter: Mais
nous ne ſçaurions long-temps durer
à noſtre aiſe.

PHAON, Gaigne Yole auſſi bien
que tu me gaignes, & ie te promets
vn compagnon & vn ſeruiteur dans
ta ſolitude.

SCENE SECONDE.

VRANIE, PHILIS, ET PHILIDOR.

VRANIE, Philidor, garde cette
auenuë, Philis gardera l'autre;
remarquez tous deux qui viendra,
& du plus loin que vous le defcou-
urirez, aduertiffez-m'en. A cette
heure que ie fuis feule, allege-toy,
mon ame; defcharge-toy, mon
cœur, & monftres que tu eftois plu-
toft eftouffé qu'endurcy. A cette
heure que tous les paffages font ou-
uerts à ma douleur, fors, fors de ta
prifon, ô le plus iufte des foupirs!
Ha! Thirfis, qu'il me coufte de
t'eftre cruelle: Ha! Berger trop accomply pour m'eftre indifferent, tu
ne fçais pas que nous fouffrons tous

en diuerses sortes. Tu souffres parce
que tu ne cognois pas mon inclination : & au contraire, ie souffre parce que ie cognois la tienne. Encore
suis-ie plus à plaindre ; nulle bien-
seance ne te deffend de monstrer ta
blessure ; où elle m'oblige à cacher
mesmes mon remede, ; qui ne gist
qu'en mes larmes. Il est vray que ie
le dois cacher ; ce remede là estant
inutile & effeminé, il semble auoir
honte d'estre appliqué à vn mal qui
ne part que de courage. Toutesfois
l'impuissance n'en a point de meilleur, il s'en faut seruir cependant que
la solitude me fauorise ; au moins
i'ay maintenant par son moyen la
liberté des esclaues ; ie puis sentir
mon affliction , & ie puis plorer.
Rochers ; vous le permettez bien,
nonobstant vostre dureté, à laquelle
on compare celle qu'on m'impute :

Quelques rochers que vous soyez, il
vous eschape quelquefois des torrens entiers, & si vous n'en auez pas
le sujet que i'ay. D'autre part, les
vers que Thirsis a incisez sur vous
contre ma rigueur, tesmoignent
à vn chacun que les plaintes des
Amans vous entament. Bien que ie
pleure, ce n'est pas que ie me repente
de ma chasteté; tant s'en faut,
c'est dequoy ie m'aime; si ma
sujettion ne luy suffit, qu'elle y
adiouste le seruage, le seruage n'est
pas pire que la cruauté, & la cruauté
veut que son patient endure, non
pas qu'il fasse pâtir. Et neantmoins
ie t'afflige iour & nuict, ô Berger incomparable! Encore que ce soit
fort innocemment, ta douleur me
tuë; comme ie suis glorieuse d'en
estre l'objet, ie suis inconsolable
d'en estre la cause. Qui des deux est

le plus estrange, ou ma faute, ou ma
satisfaction? ie nuis sans y consentir,
& ie me iustifie sans que tu m'en-
tendes; c'est pourquoy tu ne cesses
de m'accuser: Accuse plustost le De-
stin qui s'amuse à inquieter nos ieu-
nes années : Accuse la Nature qui
n'a pas mis vne vitre au deuant du
cœur, de mesme qu'en quelque façon elle en a mise vne au deuant de
la prunelle. Quel desordre, quelle
iniustice en ses ouurages ! Vne ombre n'est rien, & on la void, & l'ame
vne chose si rare est inuisible. Sans
cela ie n'aurois pas besoin, mon parfait Berger, de te protester que ie
gehenne mes sentimens quand ie les
retiens, ny que ie me deschire toutes & quantesfois que ie te quitte.
Sans cela le monde verroit que ie
suis humaine, & que ie n'ay de la
dureté qu'autant qu'il en faut pour

y grauer vne image, i'entends celle
de ta vertu pluſtoſt que de ta beauté. Combien de fois m'as tu dit que
i'auois vn cœur de diamant, ie ſerois bien marrie de l'auoir auſſi dur,
pleût à Dieu que ie l'euſſe auſſi tranſ-
parent, tu n'ignorerois pas que ie
ſuis ſenſible. Mais ſers toy de ton
eſprit au deffaut de tes yeux ; puis
que tu es tout en feu, & que tu es
dedans moy, iuge ſi i'endure. Iuge
vn peu où ie ſerois reduite, n'eſtoit
que i'ay dans le ſein vn amas de larmes, qui fait que mon cœur oppoſe
touſiours ſon naufrage à ſon em-
braſement. O vents qui emportez
lors qu'il vous plaiſt le ſon & la
voix, portez-luy mes paroles, ie
vous en auoüe, qu'il ſçache que ie
l'eſtime autant qu'il m'aime, & il
ſçaura la verité. Mais où eſt-ce que
ie vous enuoye ? où le trouuerez-
vous?

vous? poſſible qu'il eſt maintenant
ſur le bord d'vn precipice, poſſible
eſt-il plus bas: En ce cas là ie le ſuiuray. Ouy Thirſis, n'en doute nullement, ſi tu és la victime de l'A-
mour, ie ſeray celle de l'Honneur,
qui eſt beaucoup plus rigoureux,
l'enfance ne l'adoucit point, & la
raiſon le rend ſeuere. Demon qui
preſides à la Chaſteté, deſtournes
ce coup, ma conſtance peut ſubſi-
ſter, & Thirſis peut viure à l'oppoſite, s'il ſe perd, il eſt force qu'elle
diminuë, ou bien ce ne ſeroit pas repoſer dans vn meſme lict, qu'eſtre
dans vn meſme tombeau.

PHIL. Thirſis vient de mon coſté.
VRANIE, Eſt-ce luy? Ouy, c'eſt
luy-meſme, ſa triſteſſe extraordinai-
re a de l'air d'vn mauuais preſage, &
m'aduertit du projet dont ie me
doute.

N

PHILIS, Aristée s'achemine icy.

VRANIE, Sus, entrez vistement
dans cét antre auec moy, n'y menez
aucun bruit, & n'en sortez point
que ie ne le commande.

SCENE TROISIESME.

THIRSIS ET ARISTEE.

THIRSIS, Qu'est-ce que cela?
qu'est-ce que ie vois? c'est le
voile d'Vranie. Parlons plus proprement, c'est son nuage, c'est luy
qui m'empeschoit si souuent de
ioüir de sa clarté. Voila encore le
ruban qu'elle a mis à ses cheueux,
elle a raison de le perdre aussi, vn
Soleil ne doit non plus souffrir ce
qui l'attache, que ce qui le couure.

ARISTEE, Ie te cherche partout

pour ſçauoir quelle eſtoit cette
nouuelle que tu allois apprendre
tantoſt lors que ie t'ay trouué ſi fort
hors d'halaine, & ſi effaré.

THIRSIS, C'eſt vne nouuelle auſſi
deplorable, qu'elle eſt vraye; c'eſt
que le mal-heur a vn fauory, & ce
fauory là c'eſt moy qui te parle.

ARISTEE, Te trauerſera-il tou-
jours?

THIRSIS, Par le paſſé il me trauer-
ſoit, maintenant il me deſeſpere.

ARISTEE, I'euſſe creu que la douceur qu'Vranie a dans le viſage, &
ſur tout dans les yeux, fuſt venuë de
ſon ame.

THIRSIS, Comme belle elle n'a
point de ſemblable, & comme
croiſſant à tous les momens en attraits & en rigueurs, elle n'eſt pas
ſemblable à ſoy.

ARISTEE, Peut eſtre qu'elle te

respond au plus loin de ta pensée.

THIRSIS, Il est impossible d'ignorer ses intentions, elles brillent dans ses paroles tant elles sont claires, outre qu'elles sont confirmées par tous ses deportements.

ARISTEE, Quand bien tes rares qualitez ne suffiroient pas à la flechir, cette pasleur & ces yeux mourans ont vne eloquente agonie.

THIRSIS, Ie n'ose leuer les yeux où elle est, ie nose soûpirer, elle se plaist à tenir en sujection ce que la tyrânie mesme laisse libre : si mes regards & mes soûpirs sont dans ses chesnes, qu'est-ce qui me reste de ma liberté : durant que les pleurs des Amás estoiét en vogue & en credit aupres de leur Maistresse , j'auois quelque moyen de m'alleger, mais Vranie m'en a defédu l'vsage deuát elle. Au surplus quand ie verserois

des torrens de larmes ie reſſemble-
rois à Salmacis, & au Scamandre
qui bruſloient dans leurs eaux. En
vn mot le deſtin me hait : au reſte il
ne me hait que parce qu'il m'a fait
du mal ; à la ſeuerité qu'il me tiét il
m'eſt force d'en iuger de la ſorte,
& de ceder au plus fort.

ARISTEE, Pour cét effet change
d'air nous irons paiſtre nos troupeaux aux paſtis de Penée, là tu ver-
ras le lieu où Daphné fille de ce fleuue fruſtra l'attente d'Apollon. On
tiét pour tout aſſeuré que les amoureux qui font la meſme courſe pendant la neufuaine, y quittent la paſſion qui les tourmentoit. Ainſi tu
ne laiſſeras pas d'imiter le Dieu de
noſtre Bergerie, toute la difference
qu'il y aura c'eſt qu'icy tu le ſuis dás
ſa maladie & là tu le ſuiuras dans ſa
gueriſon.

THIRSIS, Cét expedient est trop
aisé, i'aymerois mieux voyager au
pays de Sapho, il y a le rocher d'où
elle se precipita dans la mer, pour finir le mespris que l'ancien Phaon
auoit pour elle, son exemple a depuis gueri vne infinité de personnes:
En l'estat où ie suis ie ne sçaurois
changer d'air qu'en changeant de
monde.

ARISTEE, En es tu là? ne te fache
dóc point si ie ne t'abandonne plus.

THIRSIS, En effet ie n'ay pas mal
ioüé mon personnage, ie t'ay donné
l'alarme, dis la verité? Or sus tu es
mon amy, tu me seras fidelle, ne descouure à qui que ce soit ce que ie te
vay dire en moins d'vne demie heure: Vranie declarera deuant tout le
monde qu'elle met fin à sa rigueur,
iusques alors elle veut que ie con-
trefasse le desesperé, afin que tu n'en

doutes non plus que moy, regarde
les deux gages qu'elle m'en donne,
son voile & le ruban de ses cheueux.
ARISTEE, Quelle mutation, quel
rauissement, quel miracle!
THIRSIS, Parle bas, suprime ta
ioye, & parce que les Dieux sont sur
le point de me déliurer de mes peines, va t'en à la Chapelle leur en rendre grace attendant que nous y al-
lions tous ensemble ; pour le present
contente toy de me feliciter en ta
pensée durant ton chemin.
ARISTEE, Ne pense donc plus desormais qu'à ta bône fortune, & dis
vn eternel adieu aux regrets & aux
douleurs.

SCENE QVATRIESME.

THIRSIS ET DRIOPE
desguisée en Passagere.

THIRSIS, Il dit mieux qu'il ne
pense, suiuons ses auis, Adieu
regrets que i'ay trop souuent es-
prouuez inutiles, adieu deserts que
i'ay si souuent lassez du recit de mes
maux, adieu Nymphe qui n'es plus
que voix, c'est à ce coup que tu pour-
ras redire veritablement mes dernieres paroles, adieu Echo, adieu:
tous ces rochers me respondent hormis celuy pour lequel il faut que ie
meure, mourray-je sans estre connu? où pour le moins sans connoistre la cause de mon trespas? Est-ce
l'amour? mais il vnit les ames & ain-

fi il en met deux où il n'y en auoit
qu'vne : eſt-ce la beauté ? mais la
beauté plaiſt & le plaiſir eſt vne ſeconde vie, de fait ce n'eſt ny l'vn ny
l'autre pris ſeparement, ce ſont tous
les deux enſemble, l'art d'amour ne
ſert de rien ſans les traits de la beauté, & elle n'a point de traits qui blef-
ſent ſi amour ne les tire. L'eſtrange
prodige ! celle du Ciel¹, celle des
aſtres, celle des eaux, celle des fleurs
ne tüë perſonne , meſme celle des
beſtes farouches n'offenſe point, il
n'y a donc que la beauté humaine
qui ſoit inhumaine. O que Cipariſſe
fut ſage de n'aymer que ſa biche, ô
qu'Amour a bié raiſon de porter vn
bandeau, autrement il courroit hazard d'eſtre luy meſme pris. En fin
ce n'eſt qu'en ces ſujets icy que la fidelité trahit , que la perſeuerance
faict ceſſer, & que l'affection a des

effects pires que la haine.

DRIOPE, Berger, inſtruis vn pauure
paſſager qui ne ſçait où il eſt.

THIRSIS, Tu es à deux doigts de ta
perte ſi tu ne te ſauues.

DRIOPE, Quel païs eſt cecy?

THIRSIS, En moins d'vn clein d'œil
tu l'eſprouueras ſi tu ne t'enfuis;
c'eſt vn païs de Barbares: N'eſt-ce
pas vn païs de Barbares? on y meurt
faute d'vn baiſer. Ce paſſant qui
penſoit s'eſtre eſgaré, me redreſſe
moy-meſme en m'interrompant;
car ie me perdois dans les plaintes:
voicy le vray diſcours que ie deuois
tenir. N'ay-ie point eſté dans l'ex-
cez, ou dans le deffaut, lors que i'a-
uois l'honneur d'entretenir Vranie?
n'aura-elle point trouué à redire en
mes propos, ou à mes actions? Quoy
qu'il en ſoit, haſtons ce coup que
i'ay trop differé; ſi ie luy ay dépleu,

mourons pour luy fatisfaire; & fi
cela n'eft pas, mourons de peur de
faillir. Partant éloignez-vous de
moy , faux foubçons , qui ne vous
plaifez qu'à produire des reproches ; ie iuftifie de bon cœur ce que
i'auois accufé. Amour eft vn enfant,
fes plus beaux traicts font enfantins,
comment le meurtre auroit-il lieu,
où il n'y en a point pour la malice?
Pardonnez-moy , charmans appas,
d'auoir dit que vous m'auiez perdu,
c'eftoit vous comparer à Licas &
Sciron, changez en efcueils; c'eftoit
peindre des monftres fur vn beau
vifage. Et pofé que ma ruine vint
des attraits de ma maiftreffe , il ne
feroit en cela autre peché que celuy
que font les Aftres quand ils ren-
dent mal-heureux. Ie me contente
de mon fort, puis qu'elle en ordonne; ma conftance me plaift comme

fon ouurage, & ma derniere heure
oblige à caufe qu'elle me porte l'ex-
preffe declaration de fa volonté.
C'eft bien plus, ie ne voudrois pas
auoir efté plus heureux, fi pour cela
il euft fallu qu'elle euft efté moins
chafte. Grands Dieux qui meta-
morphofez les miferables Amans,
difpofez maintenant de moy, que
voulez-vous que ie deuienne ? ie
n'ignore pas le rang qui m'eft deu
là haut au Ciel auec mes anceftres:
mais puis qu'Vranie eft fur la terre,
ie quitte le rang des Aftres pour celuy des Fleurs ; apres mon changement ie me tourneray toufiours de-
uers elle, elle me permettra bien ce
que le Soleil permet à Clitie qu'il
hait, poffible qu'elle fe contentera
de m'auoir foulé aux pieds durant
cette vie ; toutefois fi elle s'obftine
à me continuer ce mefpris, vous fça-

uez que i'ay vefcu plein d'efpines,
oftez-les moy, de peur qu'en marchant elle ne vint à fe picquer. Et
toy, mon vnique fecours en mes af-
flictions, cher prefent de Licandre,
va, va prendre le lieu d'Vranie, entre
là dedans, ne crains point de m'of-
fencer, tu y feras le plus doux coup
qui y fut iamais receu. Qu'eft-ce à
dire, tu trembles? & tu rends mon
bras timide, au lieu que mon cœur
deuoit te rendre courageux. Quoy?
tout tourne, tout noircit, tout me
manque.

SCENE CINQVIESME.

PHILIS, PHILIDOR, ET
VRANIE.

PHILIS, Thirfis eft tombé à la
renuerfe.

PHILIDOR, Il ne soûpire plus.

VRANIE, Il ne soûpire plus, helas!
tu ne pouuois mieux dire qu'il n'est
plus en vie: Thirsis, mon cher Thirsis, ha! ie le declare trop tard; ie t'en
prie à deux genoux, ou responds, ou
regarde: si tu me haïs, tourne visage
à ton ennemy: & si tu m'aimes encore, escoute ma protestation, tu me
donnerois la vie si tu te la voulois
rendre. Hé! qu'il est faux ce qu'on
dit, qu'vn corps mort iette du sang
deuant son meurtrier, puis que le
tien ne coule point, & que ie suis en
ta presence. Thirsis, tu ne responds
ny ne regarde, c'est en haine de
moy, c'est par vengeance: mais quel
plaisir reçois-tu à te venger sans le
voir? au moins ouure les yeux pour
te satisfaire du spectacle de mon
chastiment, où est ce cousteau qui
deuoit prendre le lieu d'Vranie, tu

l'as fait mó Lieutenát; i'accroiſtray
ſa qualité,il ſera mon ſucceſſeur.

∽∽∽∽∽∽∽∽∽∽∽∽∽∽∽∽∽∽∽∽∽∽

SCENE SIXIESME.

VRANIE, LICANDRE, HE-
LENOR, AMARILLE, ARIS-
TEE, YOLE, PHAON, CI-
BELLE, DRIOPE, SIREI-
NE, ARONTE.

VRANIE, Licandre, fais nous
reuiure Thirſis & moy ; ou
vous, Amys, faites nous enterrer enſemble.

LICANDRE, Au côtraire, nous nous
proſternons deuant toy pour te
prier de conſentir à ſon retour. Si
l'heure de ſon deſtin eſtoit venuë, il
auroit deſia paſſé le trajet de l'oubly : mais parce que ſa douleur l'a

auancée, il eſt en nous de le r'auoir,
pourueu que tu t'y aides ; ſon eſprit
eſt encore errant aux prairies de
Tempé, qui ſont les champs Eli-
ſiens de la Theſſalie ; il ſeroit deſia
au bout du monde ſans la paſſion
qui le retient, & qui l'empeſche de
paſſer outre.

VRANIE, A quoy faut-il que ie
conſente ?

LICANDRE, A cecy, que ie luy
commande de ta part de ſe rendre à
ſon deuoir, & de ſuiure le lien qui
l'attache, de la ſorte que ſon ame
rentrera dans ſon cœur, & apres
qu'elle ſera là, il faut qu'vn baiſer la
faſſe venir ſur ſes levres.

VRANIE, Ne peut-il reuiure que ie
ne meure?

LICANDRE, Si tu mourois, c'eſt
alors qu'il ne voudroit plus reuenir.

VRANIE

VRANIE,Il ne reuiendra donc qu'à fin de me retrouuer.

LICANDRE,Cela s'entend.

VRANIE, Or pour me retrouuer il faut que ie fois la mefme , & fi ie n'eftois pas auffi pudique qu'il m'a laiffée , ie ne ferois plus, ce feroit vn monftre au lieu de moy qui tiendroit ma place : eft-il raifonnable que la mort me change , puis qu'elle ne l'auroit point changé?

HELENOR, Elle a raifon. Mais auffi Vranie,fouuiens toy que la raifon eft quelquefois vne grande barbarie ; bien qu'elle ait cét aduantage, qu'elle femble iufte. Iufques icy tu as meflé la rigueur à la chafteté, auec cette difference , que la premiere étoit forcée, & la feconde volontaire, retien l'vne, & reiette l'autre , retien celle fans laquelle tu ne fçaurois viure, & reiette celle qui la

O

fait mourir, auec ce temperamét là
toutes chofes feront dans leur ordre.

VRANIE, Ton confeil eft raifonnable, ie m'y foufmets, ie me
rends : s'il n'y auoit rien d'honnefte
que ce qui eft inhumain, la vertu le
deuroit ceder aux Lyons & aux
Tygres.Ie trouue à dire à Diane, de
ce que les hommes luy font immo-
lez. Yole, prefte moy ce bouquet;
regarde, Licandre, ie le baife vne
fois, deux fois, trois fois, & l'ayant
mis par trois fois fur mes levres, ie le
mets autant de fois fur les levres de
Thirfis.

LICANDRE, Non,cela ne fuffit pas:
mais fais mieux, mets des rofes ver-
ueilles fnr des mufcades, c'eft à dire,
tes levres qui font rouges, fur les
fiennes qui font pâles, & cela fuffira
auec les paroles fecrettes que ie pro-
nonceray. Appellons-le maintenant

tous enfemble à haute voix, Thirfis?

VRANIE, Thirfis?

HELENOR, Thirfis?

THIRSIS, Pleuft à Dieu?

LICANDRE, Que veux-tu en difant pleuft à Dieu?

THIRSIS, C'eft que, puis que la vie & la mort difputent à qui m'aura, & qu'elles m'appellent entr'elles la pomme de difcorde; ie leur refpóds, que ie luy voudrois donc reffem-bler, & partant qu'il fût dit de moy, *Que la plus Belle l'emporte.*

LICANDRE, C'en eft fait, tu es exau-cé, contemples-en l'éuenement qui t'eftoit figuré par ta refuerie; Vra-nie a procuré ton retour.

THIRSIS, O merueille incroyable!

HELENOR, Qui plus eft, elle defi-ftera de t'eftre feuere, à la charge que tu approuues qu'elle foit tou-jours auffi chafte; fi elle eftoit ca-

pable d'vne amitié coniugale, tu es
la seule personne qu'elle auroit
choisi: mais puis que cela ne se peût,
elle te declare solemnellement,
qu'elle t'aimera tousiours de la sorte qu'elle t'a aimé.

THIRSIS, O double miracle !

HELENOR, En es tu content?

THIRSIS, Aussi content qu'heureux; & si ie suis si heureux, qu'il ne
me manque que le pouuoir de le
croire ; ie trouue que mes desirs ont
pris ma place, ils sont morts pour
moy.

HELENOR, Pour comble de satisfaction, Vranie, ne veux-tu pas que
cét accord soit passé deuant toute la
compagnie en terme d'vn con-
tract public?

VRANIE, Tout ce qui te plaira.

HELENOR, Sus donc, que ie vous
prenne par la main : Vous estes tous
deux resolus de vous garder l'vn à

l'autre vne pureté d'affection qui
soit eternelle?

VRANIE, Oüy.

THIRSIS, Oüy.

HELENOR, Vranie, dites à Thirsis;
Ie vous oste à toutes: Thirsis, dites
à Vranie; Ie vous oste à tous. Dés
cette heure il ne vous est plus libre
de vous en dédire, c'est vn mariage d'ames, auquel mesmes le trespas ne peut mettre fin. Menalque
peut fournir sur le champ vn Epi-
thalame qui sera icy chanté en
l'honneur de ce nouuel Hymenée.
Certes le nom d'Vranie l'auoit pre-
sagé: car Vranie, est le nom de la
Venus celeste, qui engendre vn
Amour sublime & sacré; à l'opposite de la terrestre, qui est mere de
l'Amour vulgaire.

THIR. Mon songe de la nuict passée
& l'inscription de mon coulteau,
ont esté veritables, & Aronte aussi.

CHORILAS, La Deïté qui le cou-
uroit d'vn nuage d'Izabelle, eft
ce pudique Hymen, qui porte fa
couleur defchargée de plus de moitié, à caufe qu'il vnit les cœurs fans
les corps.

ARISTEE, Maintenant ie vois que
Thirfis a prophetifé fon bon-heur
fans y penfer, lors qu'à deffein de
m'éloigner d'aupres de luy, il m'a
dit qu'Vranie luy auoit promis de
le declarer en fa faueur dans fort
peu de temps.

AMARILE, Le Roffignol qui tomba ces iours paffez aux pieds d'Vranie, a paffé pour Thirfis; c'eft ainfi
qu'autrefois vne Biche fut fubro-
gée à Iphigenie.

VRANIE, A cette heure Thirfis
que i'efcoutois fans qu'il y priſt
garde, remporte le prix qu'il merita,
en difant, qu'il n'euft pas voulu eftre

plus heureux, & que i'euffe efté moins chafte.

CHORILAS, Pareillement on iugera s'il eft vray que Licandre & moy foyons des refueurs, comme Driope le publie par tout.

ARISTEE, Audience, Bergers, exterminons cette mefchante, & rendons iuftice à ceux qui l'accufoient chez moy cette apref-dinée.

SIREINE, Encore faut-il voir s'il n'y a perfonne de nous qu'elle n'ait traicté d'infamie, fans en excepter aucun; ie vous fupplie, qu'on luy faffe rentrer le démenty dans la gorge: pour cét effet, retournons à l'inuention d'Ariftée, au lieu que fuiuant fon aduis nous l'entretenions tantoft l'vn l'autre feparément, afin qu'elle en médift auec moins de crainte, maintenant que chaque tefmoin de fa detraction la luy re-

proche deuant la perfonne qu'elle
a offenfé. Mais le moyen de la trouuer?

HELENOR, Ie gage qu'elle eft
chez Licandre.

LICANDRE, Ie gage qu'oüy, en-
uoyez-la querir, & deliurez-m'en,
ie vous en fupplie : encore que
mon demon foit plus fort que le
fien, il n'eft pas fi malin, ny fi four-
be, ie m'eftois efpris d'elle ie ne fçay
comment, ma fottife ne l'a pas fait
longue. Sans parler du refte, tout
mon art ne fuffiroit pas à enchanter
fon auarice, elle a vn gouffre, ou à
tout le moins vn puits dans fa po-
che, la liberalité pourroit auoir cent
mains, à l'exemple de Briarée, que
Driope en auroit cent millé pour
les vuider.

SIREINE, Ie l'entends à fa toux, elle n'eft pas loin.

LICANDRE,

LICANDRE, Et moy ie la souhaite à mes ennemis.

DRIOPE, Où est-il?

THIRSIS, Que cherche Driope?

SIREINE, Elle cherche querelle à quelqu'vn.

DRIOPE, Sireine, tien tes biens & ton amitié tout ensemble, ie n'en ay que faire.

SIREINE, Mauuaise.

DRIOPE, Ris tant que tu voudras, si faut-il que tu confesse que ie t'ay quelquefois donné dans le cœur.

SIREINE, Qu'vn tel venin m'y eust touché? ie ne serois dóc plus en vie.

ARISTEE, Tout exprez il t'embarasse, afin de te mettre en peine, & nous t'en voulons oster, en te proposant des questions recreatiues. Dis nous icy en public ce que tu nous as tantost dit en particulier: Helenor est-il fol?

AMARILE, Ariftée eft-il vn efpion?
PH. Amarile & les autres Bergeres
courent-elles à force les hommes ?
Menalque cognoift - il fort Yole?
SIREINE, Thirfis eft-il impertinent
& effeminé ? Vranie eft-elle amou-
reufe & diffimulée ?

CHORILAS, Cibelle brufle-elle
apres Phaon ?

MENALQVE, Licandre eft-il char-
latan ? & Sireine duppe ?

ARISTEE, Au demeurant, il y a pis
encore: car on te fouftiendra que tu
as eu vn enfant. Ce que tu as depo-
fé contre toy-mefme tantoft lors
que nous eftions aux efcoutes.

SIREINE, Pour cela ie ne le penfe
pas, où elle l'auroit fait par mefgar-
de : car elle eft fi chafte, que mefme
fa ieuneffe ne couche pas auec elle;
celle-là eft dans vne boëte, pendant
que celle-cy eft dans le lict. De

plus, elle eſt ſi pudique, qu'elle ne voudroit pas ſeulement auoir embraſſé l'occaſion d'obliger; n'eſt-ce pas eſtre exacte?

ARISTEE, Ne confeſſe-tu pas que tu as mal-heureuſement calomnié cette honneſte Compagnie? t'impoſe-t'on quelque choſe?

SIREINE, Tout ce qu'on luy a mis ſus eſt également faux.

DRIOPE, Perfide, traiſtre, déloyal.

ARISTEE, Tu t'en peux ſouuenir.

SIRE. Driope, tu ne t'en ſouuiens non plus que d'auoir eſté vierge.

DRIOPE, Perfide, déloyal.

ARISTEE, Comme elle le haït.

SIR. Elle a raiſon, ie la cognois.

ARISTEE, Ce ſilence mutin vaut vne franche confeſſion, procedons à ſon chaſtiment, & recueillons les voix; ça, que chacun opine: commence Phaon.

PHA. Qu'on la pende par deſſous les aiſſelles au haut de quelque arbre iuſqu'à ce que les pies luy ayent à coups de bec defiguré le viſage.

ARISTEE, Et toy Sireine?

SIREINE. Qu'on l'attache à la queuë d'vn ieune taureau qui ſoit en amour, il l'entraiſnera ſi loin qu'on n'en oyra plus parler.

ARISTEE, Et toy Chorilas?

CHORILAS, Qu'on l'eſtende pieds & poings liés auprés d'vne ruche à miel: car on tient que les abeilles ſe iettent ſur les perſonnes deſ-honneſtes & impures, & y plantent leurs aiguillons.

SIREINE. Que Thirſis concluë pour tous les autres afin d'abreger.

THIRSIS, Sous le bon plaiſir d'Vranie, il me ſemble que le reſpect de la Feſte, & de mon bon-heur, ne veulent rien de funeſte.

VRANIE, Tant y a qu'on l'éloi-
gne de nous, cela se doit veritablement, quand elle n'auroit autre
deffaut que d'estre artificieuse &
médisante, ce ne sont pas les qualitez d'vne femme de bien.

THIRSIS, C'estoit la conclusion
que i'allois prendre: Carasque Capitaine des Lapites m'a promis qu'il
n'espouseroit point de femme que
celle que ie luy baillerois, enuoyons
luy Driope.

VRANIE, Et tout à cét heure.

ARISTEE, Ton ordonnance sera
suiuie.

VRANIE, Depuis que ie suis Reyne
on ne s'estoit point encore senty de
mon authorité.

ARISTEE, Remercie Vranie de ce
qu'on ne te punit pas selon ton merite.

THIRSIS, Au lieu d'vn bannisse-

ment, ou pis encore, on asseure ta
condition, tu vas estre la femme
d'vn fameux guerrier, suys ce bon
homme qui t'y conduira de ma
part ; attends que ie te mette au
doigt l'anneau que ie luy ay dit que
porteroit celle que ie luy auois de-
stinée: Va, Driope, & deuiens meilleure.

LE PAÏSAN, Elle est déja toute
bonne.

SIREINE, La toute bonne fait
tomber dès pieds les espines qui y
entrent en marchant, ce nom là luy
conuient fort bien, elle tire les
nostres en se retirant d'icy.

HELENOR, Reste que nous al-
lions remercier les Dieux de l'heu-
reuse issuë de cette iournée, en laquelle ils nous ont comblez de tant
de biens à la fois.

FIN.

EXTRAICT DV PRIVILEGE
du Roy.

PAr grace & priuilege du Roy, il eſt permis à Simon Feurier Marchand Libraire à Paris, d'imprimer vn Liure intitulé, *Thirſis & Vranie, Chaſteté inuincible, Bergerie en Proſe*, & defenſes ſont faites à tous Libraires & Imprimeurs, & autres, de quelque qualité & condition qu'ils ſoient, d'imprimer ledit Liure durant le temps de ſix années, à peine d'amende, & de confiſcation deſdits exemplaires, comme plus à plein eſt porté par ledit Priuilege. Donné à Paris le troiſiefme iour de Iuillet, mil ſix cens trente trois.

Par le Roy en ſon Conſeil,

LE IAY.

www.ingramcontent.com/pod-product-compliance
Lightning Source LLC
Chambersburg PA
CBHW061444030726
47503CB00005B/1557